谁也不该
将就生活

——海鸥食堂里的暖心故事

카모메 식당의 여자들

[韩]黄熙渊／著　倪小杰／译

广西科学技术出版社

著作权合同登记号　桂图登字：20-2012-184

카모메 식당의 여자들 (The women in Kamome Diner)
By 황희연 (Hwang Hee-yun/黄熙渊)
Copyright © 2011 by Hwang Hee-yun/黄熙渊
All rights reserved
Simplified Chinese Copyright © 2015 by GUANGXI SCIENCE & TECHNOLOGY PUBLISHING
HOUSE LTD
Simplified Chinese language edition arranged with WISDOMHOUSE PUBLISHING CO., LTD through
Eric Yang Agency Inc.
本书由韩国文学翻译院资助发行。

图书在版编目（CIP）数据

谁也不该将就生活——海鸥食堂里的暖心故事／（韩）黄熙渊著；倪小杰译．
—南宁：广西科学技术出版社，2015.11
　ISBN 978-7-5551-0528-2

Ⅰ.①谁… Ⅱ.①黄… ②倪… Ⅲ.①人生哲学—通俗读物 Ⅳ.①B821-49

中国版本图书馆CIP数据核字（2015）第251293号

SHUI YE BU GAI JIANGJIU SHENGHUO——HAI'OU SHITANG LI DE NUANXIN GUSHI
谁也不该将就生活——海鸥食堂里的暖心故事

作　　者：[韩]黄熙渊		译　者：倪小杰	
责任编辑：张桂宜　刘　洋		版权编辑：周　琳	
责任印制：林　斌		责任校对：曾高兴　田　芳	
装帧设计：谢玉恩			

出　版　人：韦鸿学　　　　　　　　　　出版发行：广西科学技术出版社
社　　　址：广西南宁市东葛路66号　　邮政编码：530022
电　　　话：010-53202557（北京）　　0771-5845660（南宁）
传　　　真：010-53202554（北京）　　0771-5878485（南宁）
网　　　址：http://www.ygxm.cn　　　在线阅读：http://www.ygxm.cn

经　　　销：全国各地新华书店
印　　　刷：北京尚唐印刷包装有限公司　　邮政编码：100162
地　　　址：北京市大兴区西红门镇曙光民营企业园南8条1号
开　　　本：880mm×1240mm　　1/32
字　　　数：220千字　　　　　　　　　　印　　张：8.5
版　　　次：2015年11月第1版　　　　　印　　次：2015年11月第1次印刷
书　　　号：ISBN 978-7-5551-0528-2
定　　　价：39.80元

开始吧！
寻找人生新的可能性，
抓住爱上自己的最后一次机会！

contents

＊本书出现的人物名均为音译。

总有生活在等你

寻找人生新的可能性

回想起大学的时光，有一次聚餐的主题是将来想做什么。大家开始七嘴八舌地展望自己的多彩人生。当时，虽然我说不出来我到底期望从事什么类型的高薪工作、朝阳产业，只是内心有一个难以割舍的文字情结。我希望将来不管做什么，都能通过写作来挣钱养活自己。

三十岁时，我成为了当时我想成为的那种人。但是，我却并不觉得幸福。每天都是通宵达旦地与文字为伍，在书桌前战斗着，日复一日。我曾试图自我催眠，告诉自己通宵工作就是做杂志主编的宿命。渐渐地，身体就像钟摆一样循环往复地承受着外界压力。曾经被别人称为"铁打少女"的我，熬夜之后还能乐此不疲地享受喝酒蹦迪的夜生活，精力充沛。但是奈何岁月面前无壮士，如今的我，只要熬上一个晚上，就会元气大伤，恢复起来起码要一周时间，显然变成了"黛玉身子"。

梦想照进现实之后，原本喜欢的工作也慢慢变得枯燥无味了。当初满心欢喜地投入文字世界的那一腔热情，像沙漏中的细沙，一点一点消磨殆尽。工作变成了如同张口吃饭一样的机械动作，那些经由自己的指尖敲打出来的文字，再也无法感动自己。看到那些杂志社新进的年轻人，为了一个稿子，通宵几天几夜都要力求尽善尽美。而我已然找不到那种充满激情的状态了。有人说，当爱好与工作融为一体时，是一种幸运，也是一种灾难。没有了距离之后，那些怀揣的美好，期许，动力都渐行渐远，消失不见了，突然之间，我觉得自己在人群中迷失了，我不确定我一直前行的方向能带给我什么，它真的可以成为我内心的归宿吗？如果我就一直这样惯性地往前走，到达终点的那一刻，会不会只是一个满目疮痍的世界。瞬间，一种前所未有的焦虑席卷而来。

　　我问自己，这个工作，这种状态，我到底要持续到什么时候？一辈子吗？但这个工作能不能做一辈子，也不是我自己能决定的。杂志社是需要新鲜血液的地方，那些新进的年轻人对潮流非常敏感，有丰富的文化素养，写作实力也非常出众。作为一个发黄的老记者，又背负着大龄剩女的包袱，要顾及工作，还要赶场般地相亲约会吃饭，心急如焚地把自己嫁出去，我觉得自己体力、工作效率、生活状态都在走下坡路，工作优势也在一点一点地消失。这样下去，也许没到我做好离开准备的时候，就已经被"退休"了。我恍然之间意识到，我决定不了我的生活，决定不了我的前途，决定不了是否有那么一个人会爱上我，与我执子之手……太多太多的事情，我都无能为力。

　　但我想，是不是至少有这么一次，我能抛开所有人的眼光，抛开内心的恐惧，为自己坚定地做一次决定。于是，我对自己说，就把这当成最后一次能自我决定的机会吧，想做什么就去做，内心向往什么地方，就出发吧！

离开，是为了重新开始

仔细一想，似乎在做出决定之前，我都从来没有回过头去看看自己背后的世界，一直以来都只是看着前方，为了不落后于别人。毕业之后，为了不被社会抛下成为无业人士，我挤上了找工作的浪潮，而就业后为了不让自己被别人说无能，即使领着微薄的薪水，总是被老板榨取加班，我也没有丝毫怨言，一心只扑在工作上。那期间连相亲对我来说都是浪费时间，被工作压迫得心力交瘁，只为不被老板炒鱿鱼。我的青春就像烟火一般悄无声息地逝去。万事以工作为先的使命感让恋爱久久提不上我的日程表。终于有一天，在酒精的刺激下，我才意识到我和我的朋友们，同时我们身边其他很多的职业女性也顶着这个大问题在艰难地生活着。落到同一处境的"大龄剩女们的聚会"人数一个两个地增多起来。一见面所有人都忙着倾吐自己的"悲哀遭遇"。一开始的自嘲明显是为了调动气氛，可越聊到后面，气氛越是惆怅。

我们的青春就这样落幕。

这样来来往往的过程中，虽然偶尔也有那么一两对结成美好姻缘，可她们的生活也还是没有发生任何改变，依旧为生活所压迫。不想听到因为自己生了孩子所以不行的评价，再难也不想以家庭主妇的身份来结束这一生，她们就像不知辛苦一般，每天都需要接受来自生活的各种挑战。对于我们每个人来说，都需要一段停下来思考的时间。决定是这样一直走下去，还是重新开始另一段生活。

很多事情，现在不做，也许一辈子就这样过去了。现在也许就是最后一次扭转固有生活的机会！

女人到了三十就会有这种切实的感受。如果不去思考，整日无忧无虑地虚度年华，就会侵蚀在别人的意见中，无助地漂往自己都不知道的那个地方。这是这个尴尬的年龄段会出现的恐惧感。同事们经常说想要离开。可是，我们要去往哪里呢？我们所梦想的，不是打个包，只为忘却眼前的烦恼，轻松去休息的旅行。向着新生活重新出发，只为重新找回自己的心。

在旅途中，遇见与我相似的女人

辞掉工作，整理好心情，背起背包，我就这样开始了漫无目的的旅行。那时，在我看来，也许去世界各地转转就能发现自己真正想要的到底是什么。我将背包塞得满满的，带着它们和我四处游荡，体验酸甜苦辣。住在廉价的小旅馆里，为了省钱饿肚子，每天如同修行者一般行走。我将自己必去的地点抄写在一张纸条上，到达时便划去一处，这感觉令我着迷，让我乐此不疲地上路。旅行路上，才发现原来一段旅途中最快乐的瞬间莫过于相遇。所有人都并非随时都可遇见，他们或是同我生活在不同的世界里；又或与我相似，犹如流落异乡的双胞胎姐妹，这种相遇让人激动不已，如一股暖流过境，让人心里暖暖的。

大家来自世界各地，带着只属于自己特别的缘由，在某一处遇见，暂时结伴一同去下一个旅游地点，一同分享美酒，分享自己的故事。我深深沉醉在那气氛中，即便无法用英语流畅表达，但还是一同喝酒，推荐她们去自己喜欢散步的那条小路，每天重复如此。我就这样穿梭于世界各地，有一天在希腊圣托里尼的一间青年旅舍里，我遇见了和我相似的那名女子。

　　大白天几乎没有人选择宅在旅舍里。明媚的下午，大家为了游泳而去了海边。旅舍里空荡荡的，我将窗户打开，让外面的新鲜空气透进来，开始享受着甜蜜无比的懒觉。也许睡前那一杯爽口的希腊啤酒起了作用，一觉睡得无比香甜。约莫过了一个小时，起床发现一名面善的东洋女子同我一般，一个人凄惨地窝在旅舍里。从外表上看，似乎是来自韩国或日本的不富裕的背包客。我朝她笑了笑，但后来很长一段时间我们都一直没有机会聊一聊。定好的旅游线路竟是和她都错开了。几天后，晚饭前我为了拿点东西而走进旅舍，却发现她独自一人坐在沙发上啃着买回的面包，一脸尴尬的笑容。她是日本人，看上去比我认生，非常羞涩。

　　突然间，很想向她伸出手。正好也要去吃晚餐，所以问她要不要一起去吃些什么。"我知道有一家希腊餐厅，菜做得不错，价格也很便宜。"她的笑容绽放开来，顺从地跟着我走了出去。带她去餐厅的路上我向她推荐了自己喜欢去散步的那条小路，将自己在这边游览时发现的特别值得去的观光点也一同告诉给她。她告诉我，她穿越了中东和埃及的沙漠来到这里。"哇，真是选择了特别的旅游线路！"我的好奇心发作，问了她很多问题，才得知她正努力重新开始她的人生。原来之前她在东京做婚礼策划，做了十年之久才发现这工作不适合自己，说完她羞涩地笑了笑。她单身，一直给别人的婚礼做策划，到头来自己过了三十却还没能嫁出去。从她身上，我发觉我们是同一类人。矮小的东洋女子独自一人旅行的画面让人揪心，同时也很有同感。

她还告诉我，她现在正用最少的钱走遍自己最想去的地方。不想走马观花式地快速观光，也不想奢华地旅游。花了近3个月的时间，才从中东走到希腊，真的是慢慢地，一步一步地才走到这。那期间，她几乎没有下过馆子。旅行中的辛苦，让她也曾经打过退堂鼓，觉得自己非得要旅行么，但这也许对自己重新开始一段人生会有帮助，所以坚持了下来。今天在餐厅里吃的则是她一天来的第一顿饭。也许是因为日本人特有的羞涩，也许是因为英语的不流利，让她无法和别人深入接触，所以一直以来都是独自上路。我们的英语水平差不多，这反倒促使我们很聊得来。同每天靠超市解决饮食问题的她一同分享了五六欧元的美食，我的心也渐渐放宽了。我发现，原来地球上还有很多女人同我一样有着相似的苦恼，因而内心渐渐平和下来。和她面对面坐在饭桌前聊天，不过短短的时间而已，但彼此的感觉像是认识了10年以上的老友一般。

一个人向自由出发

从那天后，我开始更多地关注那些独自旅行的女性。神奇的是，在旅游地遇见的独自旅行的女人竟有很多。相比独自旅行的男人来说，独自旅行的女人更多一些。男人即使独自旅行，在旅途中也会努力找寻同路人。但大多数独自旅行的女人才是真正享受"独自"旅行所带来的乐趣。昨日只身一人，明日同样只身一人的女人在旅游地总是显得分外突出。她们不和他人一同上路，也从不开口央求他人帮助自己，又或是陪伴自己。她们坚信自己独自一人也能充分享受一段旅途带来的乐趣。

　　在独自踏上旅途的女人中属韩国和日本的女人最多。这让我感到奇怪。旅行让自己完全暴露在一个不知何时会有危险的环境之中。让自己不知何时以何种方式面对何样的困难并不是一件可以轻描淡写的易事。因此，乍看起来，与独自旅行的女人相比，男人显然能更加享受冒险带来的刺激。但是，真正向着未知地旅行的人中间，大多数并非力气强大的大男人，而是看上去柔弱的小女子。并且，大多数都是个头偏小的亚洲女人享受这独自旅行带来的乐趣。这又是为什么呢？

　　有人曾经用进化论来分析个中理由。男人自古以来是狩猎为生的族群，而女人则可称作采集为生的族群。经常狩猎的话，自然对危险的环境更为敏感。他们知道这个世界比想象中更加危险，所以，反而会更多地感受到害怕。同时，这也强迫他们必须担当起保护女人的责任。相反，女人则在那广阔的大地上犹如不知世间危险一般，和朋友们尽情聊天，每天采花摘草，如此生活过来。而对于大地那边的世界是否正上演危机四伏的戏码，她们并不了解。不过哼着小曲儿，对世间的一切怀有好奇罢了。解说大意基本如此。但是，在我看来，女人比男人更应该经常去旅行的原因，在于她们在日常生活中更加缺乏绝对的自由。

　　采访过程中，有人这样说道，社会地位越高，所感受到的幸福感却并非因为金钱，而是因为可以主宰自我生活的机会越多。社会地位低，他就需要见人脸色行事，依赖个人意志做决定就越困难。我们身边有许多女人也许正因为长时间如此生活过来，即使不愿结婚，也会被强迫结婚而压得喘不过气来；既要像男人般坚强地生活，也要被要求像个女人一般温柔；即使怀揣野心，也要被迫小心压制。那样长时间被挟制，被圈养，势必有一天萌生出想挣开所有枷锁，找寻真正想要的那个自己的强烈要求。

在海鸥食堂遇见自己

在旅途中，大家一般不会去问对方的过去。不问年龄，不问职业，但有一点一定不会忘记问到，那就是现在选择何种旅游线路。看似平凡不起眼的一个小问题，却是打开一切疑问的钥匙。一个人选择的旅游线路折射了他的一切。从中可以发现他的人生观、价值观，以及他对旅行抱有的期待。

我通常会和在旅行地遇见的女人聊聊天。也有过那么几人曾一同陪伴我走在漫长的旅游路上。一起走过几天后，熟识了，敢问了，却发现大部分的女性朋友都有着相似的苦恼，也抱有相似的期待。当内心深处发出想重新开始生活的渴望时，她们选择勇敢地独自踏上旅程。她们选择追逐幸福，这种幸福并非他人眼中那表面的幸福，而是真正能满足自我，实现自我。

我曾偶然看到过一部日本小清新独立电影，叫做《海鸥食堂》。这部电影没有大的宣传，悄无声息地在韩国和日本两地上映，却悄无声息地收获了观众的一致好评。大多数喜爱这部影片的人自然都是抱着相似心境的女性朋友。从很多观后者的评价来看，电影中虚拟的生活状态是很多女性朋友所向往的：踏上开往某处的列车，在那里同他人分享美食，分享生活的苦恼与喜悦。

这部电影有什么特别之处么？实话说，《海鸥食堂》的故事情节很平淡，没有向我们展现特别的人生，没有揭示特别的解决方案。她们带着各自的过去聚集在芬兰的一家日式餐厅里，摆上简单而温暖的饭菜，分享各自的故事，这就是全部剧情。没有曲曲折折的过去，不过是因为单纯的好奇并被芬兰所吸引，所以来到这里罢了。但她们却看上去愉快又温暖。

　　突然，我也想遇见同影片中的主人公幸惠一般的同道女人。带着我奇怪的理想，开始打包行李。我想飞去真正的海鸥食堂，同迎接人生转折点的她们一同分享我内心的故事。于是乎，买了经由莫斯科的便宜机票，在赫尔辛基中央站附近找了一家小旅馆住下。路上我一直在询问我自己，有必要只是为了遇见首尔街头随处可见的女子而来到这么远的地方么。但是，我想离开现在所居住的世界，脱离既有的生活轨道。在我看来，在陌生的食堂里吃一顿饭也不是想象中那么糟糕，或许没能在那个地方遇见我想见的她，可是我相信能将那小幸福带回家。

寻找心中的海鸥食堂

来到芬兰

芬兰同样是一个遥远的国度。这里的遥远并不是指距离，而是指心。在芬兰，能吸引游客眼球的文化遗产几乎没有。同韩国一样，芬兰自身传统的文化遗产在遭到周边国家多次的侵略后被大量破坏。虽说冬天的风景值得一看，但是要看极光和雪景，芬兰可能就满足不了这一愿望，还得往斯堪的纳维亚半岛北上走走才行。桦树茂密的芬兰不过是这一切美景的入口罢了。

影片《海鸥食堂》中三位主人公均从日本来到芬兰，而芬兰对于生活在亚洲的我们来说却不是热门的旅游地点。而她们却为何非来芬兰？

ruokala lokki

422 Vuokraamme kahvilatilaa iltaisin ja viikonloppuisin!
www.kahvilasuomi.fi

很久以前，曾经参加过在芬兰北边的一个小村庄里举行的"白夜电影节"（White Night Film Festival）的一位前辈这样对我说道："那儿除了白雪以外什么都没有，所以异常美丽。"本以为，只是白雪的话，无论是去距离较近的北海道还是俄罗斯都可以尽情观赏。所以这个国家给我的印象是，没有标志性的建筑，连去过该国家的人都说不清这里究竟有何特别之处。

圣诞节时，耳边偶尔会传来关于圣诞老公公生活的村庄的故事。而其实，我们不过只是通过想象将那个商业化的小村庄穿上一层有神秘色彩的外衣。

为了海鸥，为了收获满满的爱

我决定去芬兰，纯粹是为了海鸥。

《海鸥食堂》的主人公幸惠说过，那里有很多"肥胖的海鸥"。她说能在港口见到，跟自己在日本时养的重 10 公斤的猫一样胖的海鸥。平时，从未觉得海鸥美丽，但是看到在港口晃荡的肥胖的海鸥，不知为什么有想要与它们打声招呼的冲动，哪怕是眼神的交流。

现在要飞往这个寒冷国家的理由很充分了。我想在那里见到海鸥，品尝幸惠端出来的日本家庭式的料理。那个餐厅的名字就叫 KAMOME 餐厅。KAMOME 在日语中就是"海鸥"的意思。我想在那个餐厅吃到幸惠勤快地端出来的美食。一提到胖海鸥或肥猫，脑海中就自然浮现出电影中幸惠给它们喂食时脸上的笑容。它们胖胖的体型，似乎证明着自己正从某人那收获着满满的爱，所以看起来更加惹人喜爱。我也想体验一下那份被爱的感觉。

满载暖意的旅行不孤单

去芬兰，首先很想尝尝三文鱼料理。还有散发着暖暖甜甜香味的肉桂卷和驯鹿肉饭团。一口咬下去，似乎 down 到底的能量也会一股劲直冲头顶，同时，还能让人找到勇气重新努力生活下去。在只做日本传统料理的食堂里，遇见同我相似的女子，和她们的相遇成为人生小小的安慰，给自己打打气开始新的生活。

芬兰赫尔辛基万塔机场很干净，简单干练的设计和温暖的灯光迎接着陌生的旅客。低调却别有一番韵味的大字体和清楚明了的标识牌写着"你好，芬兰"，熟悉地打了个招呼后，一踏出机场大门，去往市中心的巴士就正停在我的面前。车窗外飞驰而过的是只听说过的白桦树。街上十分干净，路标清晰易辨识。也没有人潮涌动的情形。

芬兰不像巴黎和罗马，这里不属于人气观光地，因此不会遇上拥挤着集中观光的人流。路标也十分简单易辨识，马路四通八达，游客在这里不会轻易迷路。虽然是第一次来，却给人一种十分熟悉的感觉，像是在这里已经呆了十年以上。正因为这种温暖的安全感，让陌生的城市变得熟悉。

这是一个不必向任何人请求帮助的城市，异常温暖和安乐。虽然一个人在陌生的环境中，度过漫长的夜晚，却有一种奇妙的安全感。陌生的同时让人放松，虽然只身一人来到这里，却丝毫感觉不到孤独感。在这里根本用不到类似"经验"的东西。这趟旅行如预期一般，开心；如想象中一般，冒险在前方等待着我。

在陌生的地方找到熟悉的感觉

约莫能猜出电影《海鸥食堂》中的她们为何来到芬兰的原因。虽然有想从熟悉的日本生活中摆脱出来，但又没有信心能够独自面对身处异国的孤独或未知的危险。在下定决心要离开后，还是无法将埋在心底隐隐作祟的害怕全部扔在脑后。她们的旅行中夹带着些许担忧，故而想在一个不那么陌生的地方重新开始。如果那是她们第一次的海外旅行的话，就更是如此了。如果这是她们人生中第一次脱离人生轨道的放纵，自然会做出这样的选择。

不知为何，芬兰就像是另一个日本。不管去哪里，都能看到海。在这里，设计的思想在商品上得到很好的体现。而因为海产品十分丰富，所以摆在饭桌上的美食同日本料理也十分相似。还有最重要的一点，芬兰人缓解疲劳的方式同日本人是一样的。

芬兰大部分的酒店里都配置了免费的桑拿和游泳池设施。早晨起床后，朝着地下的游泳池和桑拿房走去，恍然间竟有种回到几个月前日本的温泉旅馆的感觉。在日本旅行时，也是早晨、傍晚都会去一趟公共浴池，将一天积攒的疲劳全部释放。

　　在芬兰旅行时也是重复着相似的生活。在日本，人们在早晨和傍晚时都会去位于酒店地下的公共桑拿房，将身体浸泡在热滚滚的汤池中，而在芬兰取而代之的是在桑拿炉中的高温石头上，泼上一小勺水，骤然间大量蒸汽冉冉升起，湿气扑满全身。在热气慢慢上来后，跳入游泳池里，如此一来，身体的温度再次降下来。这种休闲方式同日本的冷热沐浴法有着异曲同工之妙。

　　自助餐厅里摆满了各种海鲜料理。特别是按不同种类陈列在展台上的三文鱼料理，用来说明芬兰美食特色再恰当不过了。人们将三文鱼料理堆在几个小盘子上，浇上白色的奶油调料，一口一口慢慢地放入口中，优雅地咀嚼。在另一个小盘子上摆上一块肉桂卷和一杯咖啡。这同日本家庭式料理没有很大差异。

充满书香味的下午

　　在吃了不知是日式还是芬兰式的早餐后，出门去寻找电影《海鸥食堂》中登场的芬兰观光一号巷子。第一站就是 Academic 书店。幸惠就是在这里遇见了正在读芬兰著名童话《木民谷的夏天》的小绿。面对有离开的心情，却不知该去向何方的一个女子，幸惠首先走上前去，亲切地打了个招呼后，开门见山地问了困扰自己许久的问题："你知道以'是谁啊，是谁啊，是谁啊'开始的动画主题曲吗？能将全部的歌词都抄下来给我吗？"在陌生的异国他乡，能遇见同自己说着同一种语言的一个女子，心灵上的慰藉超越了一切。去到陌生的旅游地点所感到的害怕和担忧一瞬间全部释放了。

　　两个人相遇的地方是北欧最大的学术书店——Academic 书店。这里藏书丰富，环境雅静，走进大门的一瞬间，眼睛和心灵全部释放开来。简单大方的设计让这里同一般书店不同，有种置身书的海洋中的感觉。这家书店之所以特别，在于一层到三层的天花板全部被打通，没有障碍物的阻挡，温煦的阳光得以直接照射在书店里。就像坐在白桦树林中休息一般，自由通畅。

　　从芬兰的自然中获取灵感的芬兰著名建筑家阿尔瓦尔·阿尔托（Alvar Aalto）在书店二楼一角设计了一个很是别致的咖啡厅。咖啡厅以设计师的名字命名，叫"阿尔托咖啡厅"（Aalto café）。幸惠和小绿面对面坐在咖啡厅里，努力回忆《科学小飞侠》的歌词。乍一看好像很无聊，但对于某人来说，说不定真是想知道得心里直痒痒，而这里正是解决好奇的场所。阿尔托咖啡厅里坐着格外多的女子。透过天花板上的大块玻璃窗，享受着晚霞的照射。午后的天空全部倾注在建筑物里，那风景明亮青葱。闻着书架中散发出的木头香味，让疲劳轻松释放。

　　从书店里出来后，向着芬兰港口方向走去，能看见市集广场和叫做"Kauppatori"的传统市场。电影的第一个场景，一大群胖胖的海鸥散步

的地方就是这个港口。在这里，四处可见商人们铺上垫子开始一天的买卖。在由火车站改建的 Kauppatori 传统市场里，芬兰人经营的日常生活用品店排得密密实实的。虽然市场里乱乱的，但充满了人情味。

幸惠和小绿把在这里买好的食材放在海鸥食堂厨房的大桌上。新鲜的驯鹿肉和蔬菜满满地放在砧板上，这一幕鲜活地展现在我们面前。我也用心地尝试寻找在《海鸥食堂》中出现的食材。看着各种肉和海鲜，心中顿时生出一股满足感——今天晚上我也可以摆上一桌丰盛的美食。

躲在角落里的海鸥食堂

幸惠开的海鸥食堂就位于赫尔辛基港口不远处的设计区的尽头。远离中心区域的幽静小餐厅，让人直呼"真的有人会把餐厅开在这么远的小角落里么"。果然是世界设计之都，去海鸥食堂的路上，闻名芬兰的设计小店比比皆是。用实木雕成的时钟，形形色色的玻璃杯，简单大方的室内照明装置让窗户那头的世界灿烂无比。

现在正式开始悠闲品尝日本和风家庭料理。电影《海鸥食堂》中个子小小，笑起来可爱的女主人公幸惠当然不在店里。由于很多日本游客的光顾，老板决定在招牌上保留"海鸥食堂"这个名字。事实上这家店叫"Kahvilasuomi"。"Kahvila"在芬兰语中的意思是咖啡馆。较之电影中的海鸥食堂，现实中的感觉更为幽静昏暗。现在还差一点才到中饭开餐的时间，所以店内空荡荡的，灯光也调得较为昏暗。点上一杯咖啡，翻开菜单一看，擦亮眼睛也未能找到影片中幸惠的爱心饭团。这里的特色是烤三文鱼和烤猪排。点好主菜的人们能无限制享用咖啡、沙拉和涂满黄油的面包。食物的分量很足，再加上价格亲民，所以食客中并非女人占多数，大部分都是健壮的码头工人。原本想遇见与我相似的女子才来到这里，没想到现实情况却是坐在粗犷的男人堆中。由于肚子被刚吃下的零食塞满，所以简单地喝了一杯咖啡后决定起身。但决定在离开芬兰之前还要再来一次。

但第二次找来这里时，餐厅却并未营业。从用心擦拭餐厅玻璃窗的营业员那里得知餐厅当天休业一天，让很多从远方来的客人留下了一个大大的遗憾。第二天下午是重新返回韩国的时间，不得已放弃在海鸥食堂大吃一顿的念想。自然同聚在海鸥食堂里的女子尽情分享、聊天的愿望也变成了遗憾。

遇见海鸥食堂的女子

虽然没能在海鸥食堂用餐，但是走之前无论如何也想去一下乌尔苏拉

咖啡馆（Café Ursula）。第二天早晨，离飞机起飞还有三四个小时的样子。从酒店出来后就直接向着乌尔苏拉咖啡馆走去。从赫尔辛基火车站到乌尔苏拉咖啡馆，徒步需要 30 分钟左右，稍有些远。因为回来还需要花费 30 分钟，所以一大早便加快速度直接投奔乌尔苏拉咖啡馆。电影《海鸥食堂》中，幸惠、小绿和正子为了安慰对生活绝望的芬兰中年女人，穿上美丽的衣裳坐在海边一家咖啡馆里同她一起晒太阳晒心情的地方就是乌尔苏拉咖啡馆。

乌尔苏拉咖啡馆面朝大海，这里的椅子就像放在轮船甲板上的遮阳伞一般看上去软绵绵的。整个人都倚在椅子上，面朝大海迎接阳光的洗礼，仿佛所有的烦恼都一去无踪影。附近的居民经常会来到这里，点上一杯咖啡和一盘沙拉，享受美好的早晨时光。在咖啡馆门前的小路上晨跑的女子，踏着轻盈的步伐，拨开云雾从阳光中跑来。若你怀抱苦恼之类的烦心事来到这里，那么这里会耐心听你诉说所有的烦恼，用一个拥抱向你传达积极的力量，告诉你一切都会好起来。

人们一晒太阳，幸福感就像植物一般在心底萌芽，并且茁壮成长。身处像温室一般四面都覆盖着玻璃的咖啡馆里，阳光投射在海平面上，那一闪一闪的光亮就像幸福的指标一样，让心开始灿烂。

到了必须搭上飞机飞往首尔的时间了。我拿出笔记本，带着阳光般的好心情，在上面写下了这样一句话："在海鸥食堂里并没有发现幸惠的身影，想尝一口幸惠亲手做的饭团的心愿也泡汤了。"脑海中浮现出一个想法，不如我直接成为像幸惠那样的料理师，遇见与我相似的女子。——在我的假想食堂里，直接招待我想遇见的她们。

默默地精心地去做她们点的料理。吃着美味的食物，听她们诉说属于自己的故事是一件多么有趣的事啊。试图改变自己的人生，在经历一段彷徨时期后，现在开始努力，寻找人生新的可能性，就是这样的女子们。我将用最舒适的方式去聆听她们的故事。倚在乌尔苏拉咖啡馆的椅子上，我写下了这个计划。

"遇见海鸥食堂的女子"的计划就这样在芬兰赫尔辛基，乌尔苏拉咖啡厅的小桌子上开始了。

启程去寻找
人生的新开始
趁，此心还未老

采访**海鸥食堂**的女子

我来成为像幸惠那般的料理师
在我的假想食堂里
直接招待我想遇见的她们
默默地精心地去做她们点的料理
吃着美味的食物
听着她们诉说自己的故事
是一件多么有趣的事!
试图改变自己的人生
在经历一段彷徨时期后
现在开始努力,寻找人生新的可能性
用最舒适的方式
去聆听她们的故事

逃离
是自由的近义词

司谏洞 9 号，我在悬挂着小巧精致门牌的韩屋门前犹豫，不知该从哪摁门铃，于是犹豫地敲了敲门，发现门竟然自动打开。朝着反方向打开的木门，嘎吱一响发出一声叹息。偷偷将头向里探，发现一只白色的狗正代替门铃"汪汪"地叫着，这是陌生人来了的信号。

大白天将自家门大敞的究竟是一个什么样的人？对于危险的警惕性并不高，不管遇到何种危险应该都能轻而易举拿出自己全部的勇气来承受吧。如果不是这样的话，那么至少应该来者不拒，去者不留，淡看花开花落，笑谈云卷云舒。

司谏洞是韩国传统韩屋密集的地方，小小的四方院子看上去充满儒雅气息，坐在韩屋进门前的大木板上，可以让双脚自由摆荡。实木打造的厨房和其他五间小屋让小小的院子自然分成两大块。在十平米左右的小院里养一条小狗，另一角放置了一张小桌。住在这样的屋角下，那种追着人家屁股后面的激烈竞争的生活自然会远离自己对吧？这里能让人心静下来，去享受阅读和思考所带来的快乐。

到底何种原因让她选择生活在古老陈旧的韩屋呢？带着疑问，我仔仔细细打量了一番院子。这时，一位看上去三十岁刚出头的女子随意拢了拢

自己的头发，推开了进门大木板和院子间的落地玻璃门。"天哪，您已经到了啊？"

随意盘腿坐在小院里，空气中咖啡香飘散开来。真是一个宁静祥和的午后，不知不觉间光转影移，又现黄昏，只听见时光流逝的轻微喧响。

"搬来韩屋后，感觉时间一点一滴的流逝都能呈现在我的眼中。可以欣赏时光流逝的风景本身是一种巨大的幸福。悬坐在进门地板上读书的话，你会发现清晨的太阳是这样升起的，午后的太阳又是这样下山的……这所有所有的一切你都能看见。季节的变化也马上就能感觉到。下雪，落雨，夕阳洒满大地，月亮慢慢升起，风起云落，花开花落……我喜欢将时光流逝的风景全部收入眼底，放空自己，放松心灵。"

居住的空间从侧面反映出一个人的生活态度。有些人喜欢时尚的沙发和落地窗，他们希望用这些来装饰自己的空间。而有些人则希望在自己的空间里使用实木家具，摆放光亮如镜且越擦越亮的螺钿漆器。虽然取向并非一个人的全部，但也能反映出他的一些个性特点。

从这点来看，生活在传统韩屋的她，现在正尽情享受着悠闲、慵懒的生活。三十岁刚出头，应该正是怀着满腔热情实现自己抱负的年纪，她却反其道而行之，从激烈的竞争生活中逃出，悠然享受着时光流逝的风景。虽然她的生活看似没有什么特别之处，但我除了羡慕还有佩服。理由就是，在三十岁刚出头的年纪，虽然没有丰厚的财产，但却丝毫不胆怯，勇敢地选择自己的生活。

当我腻味了自己的生活

这种慢生活过了已经有一年之久了。也就是一年前，她还过着比谁都忙碌，看上去光鲜无比的生活。为了工作而熬夜，所遇见的都是那种一亮相就能马上辨知的名人。她写了很多文章，读者也喜欢她的文字。她的工作就是时尚杂志编辑。

在著名海外杂志社工作期间，她涂抹着名牌口红，看上眼的鞋子无论有什么事也一定要买到，喝着比一顿饭还贵的咖啡，穿着光鲜靓丽的礼服去参加各类时尚酒会，虽然每月都是过度消费，但过着让人艳羡的生活。她在时尚杂志社做编辑的 9 年间，从没有想过这份工作其实并不适合自己。

鉴于大部分编辑都是举着这份工作不适合自己的由头，每每纠结于是要继续干下去还是就此止步，她则属于对自己的职业十分满足的那一小批人。文学创作专业出身的她从小时候起就热爱写文章，热衷于朋友之间的谈天说地，做事准而快，并且非常投入。往往比别人要提前一个月就开始着手计划。她觉得编辑就是最适合自己的职业，而周围的人也总说她"天生就是干编辑的"。但是，干得好好的职业，却突然说辞就辞了。

她每个月有 10 到 15 天是在熬夜工作，有一天，不知是否身体感受到了持续积累的疲劳，突然就开始子宫出血。吓了一跳的她悄悄地告诉了比自己年长的一位女性同事说："真的是很奇怪，明明还没到生理期，可子宫却开始出血，没有丝毫要停下的征兆。"本以为同事会慌慌忙忙地掏出手机拨打"120"急救电话，可同事就那般平静地看着她说："子宫出血？别少见多怪的。我们都有过这种情况。"脑子瞬间发蒙，那种感觉犹如时空凝滞，世间万物全部静止一般，原来大家都是这么活着的啊。

正在她努力将混乱的心重新拉回平静，一件刺激她做出最终决定的事发生了。在熬夜工作后顶着两只熊猫眼上班，社长过来编辑室鼓舞他们继续加油工作，其间说的一句话完全改变了她的人生轨迹。社长腆着油水颇厚的肚子，炫耀似的说道："我最近在佐治亚州买了一幢别墅，你们可以安排去那里拍一期时尚大片！那里很有气氛，一眼就能看见大海。"

在她的记忆中，社长已经在美国买了好几幢别墅。最近，在韩国清潭洞（韩国富人区）也置办了一处房产。听说，社长还有 3 辆宾利的最新款轿车。听到社长的炫耀，她突然醒悟。自己正是为了社长越来越圆的肚子而坚持过着奴隶般的生活。

"我本以为自己这么辛苦的付出是为了实现梦想而拼命向前奔跑。但蓦地，我醒悟了。我是为了养肥那个人的肚子而熬夜工作，直至子宫出血。虽然不知道现在的工作能带给我何种补偿，但和我的付出是远远无法持平的。"

当工作的热情减退，能量降至冰点，心犹如干涸的河底一般渐渐龟裂，即便只写一行文字也变得异常困难，全文不过写了三行却花上了一天的时间。似乎一切的动力都烟消云散。恰好是休假期间，于是她去了济州岛。那时，偶来小道才刚刚建成。走在偶来小道第 7 条线路上时，听见波浪拍打在礁石上的声音，刷的一下，驻扎在心底的高墙瞬间倾塌。海风中夹带着大海特有的清新和湿润，茫茫大海成为她最大的慰藉。

"即使永远扎根在那里我也十分愿意。能量似从脚底层层不断地涌上来。我开始好奇，这动力到底是从哪里发出的。"

这之后，每每工作结束，她都会去济州岛，在那里短暂休假后再回来。如此持续了 6 个月后，她决定要留在济州岛享受剩下的时光。她想，如果能尽快在济州岛开一间露营场该是多么美好的一件事。而恰好周围有几个朋友也拥有相同的梦想。有朋友爽快地提议道，由他来提供场地，你们就随心去开发、经营吧。虽然手头没有多少钱，曾经也过着锦衣玉食的生活，但她决定将这一切都放下。

但是，在努力筹备露营场正式营业的过程中，她发现此时并不是开始的好时期。因为寒冬即将到来，在封冻的大地上安置野营的全部设施不是一件容易的事。于是，计划暂时缓一缓，还是在首尔度过了那个冬天。那阵子，有朋友偶然拜托她一同去看房子。她想，自己时间充足，于是跟着朋友一起去了。犹如火车鸣笛宣示启程，她的人生也奏响了新开始的笛声。

在质朴的生活里发掘真正的自己

和朋友去看的房子恰好就是现在居住的北村韩屋。转了大半天，这才发现了真心喜欢的一间。月租虽然比较贵，但布局小巧、精致。这正是她理想中的房子。

"我们把钱集起来，然后一起住这儿怎么样？""对于无业游民的我们，这可能么？""唉，这有什么大不了的。3个月后反正要去济州岛了，以现在手头的钱无论如何还是可以付得起3个月的房租啦。""好吧，那我们就住3个月吧！"在时尚杂志做编辑期间形成的消费观又一次蹦出来，于是乎果断将韩屋放入了自己的"购物袋"中。

即便要省吃俭用，缴纳昂贵的房租才能住进韩屋也心甘情愿。从小时候起，就对20世纪30年代的韩国文学十分感兴趣，所以想像李箱和朴寅焕（皆为韩国著名诗人）那样犹如出入自家一般，自由出入钟路（北村韩屋在首尔钟路区）。对于一直以来羡慕能在皇城根儿下生活的女子来说，能住在位于钟路中心的韩屋里也算实现了一个梦想。想在韩屋密密麻麻排列的小巷里四处瞎转悠，想不洗漱、不化妆就这样直接跑到钟路压马路。

"3个月间，这些真的都尝试过了。不洗脸就跑到钟路的教保文库（韩国最大的书店），带着我家小狗在小巷街头散步。"

幸福感从司谏洞 9 号开始蔓延

这期间，发生了一件连想都没想过的趣事。

住在澳大利亚的一位朋友问她们，能不能把门房租给她，期限是一个月。因为房间恰好有空出来的，所以没有拒绝的理由。这是那位朋友久违的故乡之旅，因此要约见的朋友自然也很多。于是，拜托她们说："每天都要外出见人实在太累了，如果可以的话，我能不能把朋友们都叫到这里来？事实上，如果你们方便的话，还可以向我们出售食物和酒。你们不是做饭做得很好吃吗。反正我在外面也要花这些钱，还不如向你们买。所以，请卖给我吧。"

于是乎，接下来的日子里，她家每天门庭若市。来家里玩的朋友兴致勃勃地问道："呜哇，这里是小酒吧吗？我能不能再来这里玩啊？"于是，人们接踵而至地找上门来。朋友带来的朋友，又带来他的朋友，而那位朋友又带来另外的朋友。如此，随着客人不断增多，这间没有名字的小酒家，竟也拥有了自己的一批粉丝。而原本就热衷于亲手做美食的她，自然也不讨厌这样的生活。就像过家家一般，开始自己亲手做料理，并有偿提供茶、酒水。一开始对有偿提供还是不太适应，哪怕只收 1000 韩元（约人民币 5.6 元）也觉得很不好意思。泡咖啡一杯的成本是多少，而要收多少才合适，她很是为此苦恼和纠结。

如过家家似的，开始的"事业"竟生意火爆，到了要排队用餐的程度。

而无心之间竟触犯到了法律法规。法律规定，经营咖啡馆或餐厅的话需要取得营业执照。也就是说在自家贩卖酒水和饮食属于一种违法行为。正当她绞尽脑汁苦恼该如何解决之时，韩国掀起了一股韩屋体验热潮。电视台连日报道了在韩屋村取材的新闻，如今比起昂贵的酒店，外国人更倾向于选择短期的韩屋租赁。受到行情影响，钟路区政府也开始物色适合做韩屋体验的韩屋，并建议开展韩屋短期租赁服务。韩屋居民在小区会议上提出让她担任运营委员，理由很简单，因为她够年轻。之后很顺利地取得了营业执照，在自家提供食物和酒水饮料的行为也变得合法。开始时，韩屋原主人在介绍推荐餐厅的博客上看到了"司谏洞 9 号"的照片和相关介绍文字，于是带着律师赶来制止。房主人问道："你不是说只是居家用么？什么时候说过要在这里开饭店了？"她平心静气地说明了个中缘由。而了解了前因后果的房主人也宽容地理解了她。

而原本决定只在这里生活 3 个月的计划被大幅修正。签了为期两年的房约，若能从房子上获取收益的话，没有理由要尽快搬离。而对于济州岛，则觉得迟些去也不晚。于是，在济州岛经营野营场的计划被暂时延缓。她这才在家门口挂了一个小小的写有"司谏洞 9 号"的招牌。"请多多光临哦～"这句真诚、朴实而饱含真情实意的话语也制成了小门牌挂在门上。

"并没有赚什么大钱。不过是在自家赚钱贴补房租罢了。即使收益还挺可观的，但我们也要支出 300 万～ 400 万韩元（约人民币 16800 ～ 22400 元）。所以，只能算小小的零用钱。但即便如此，也不会改变我经营下去的信念。因为直到现在为止，这种生活还是很有趣的，而且也没有感到力不从心或背负沉重的负担。"

▶ 打开心房上的门闩

她的家中真的是有数不清的人进进出出。而她的手机铃声也会随时响起。"明天晚上可以做套餐么？我们会喝红酒，所以，请以下酒菜为中心来准备。拜托了。"而在电影院里也时常会因为来电话导致无法集中投入到影片的观看中，对此她也觉得很不方便。因为餐厅实行的是绝对预约制，所以接电话是她一天中很重要的一项工作。虽然有时也会觉得这是份苦差事，不过她还是很满足于现在这种生活。房约期限是两年。虽然不知道这份收益能维持到何时，但可以同那些进行韩屋体验的外国人，以及从江南跑到江北来体验生活的人们自由地侃天侃地，她觉得还是非常开心和神奇的。

她重新找到了快乐，同陌生人相遇，并在与他们的交流过程中感受到快乐。之前虽然通过采访，得以见了很多人，但实话实说，同那些人的交流并没有带来多少开心。

"由于之前工作的原因，在遇见太多的人后，你根本感受不到能同他们相遇是一件多么重要的事。对方明显是一个好人，并且是你想同他熟起来的那一类，但由于工作过忙，遇见的人也太多，所以将小小的缘分持续下去也会变得很难。"

从曾经的世界里脱身的现在，她感受到的是无比的自由和幸福。不

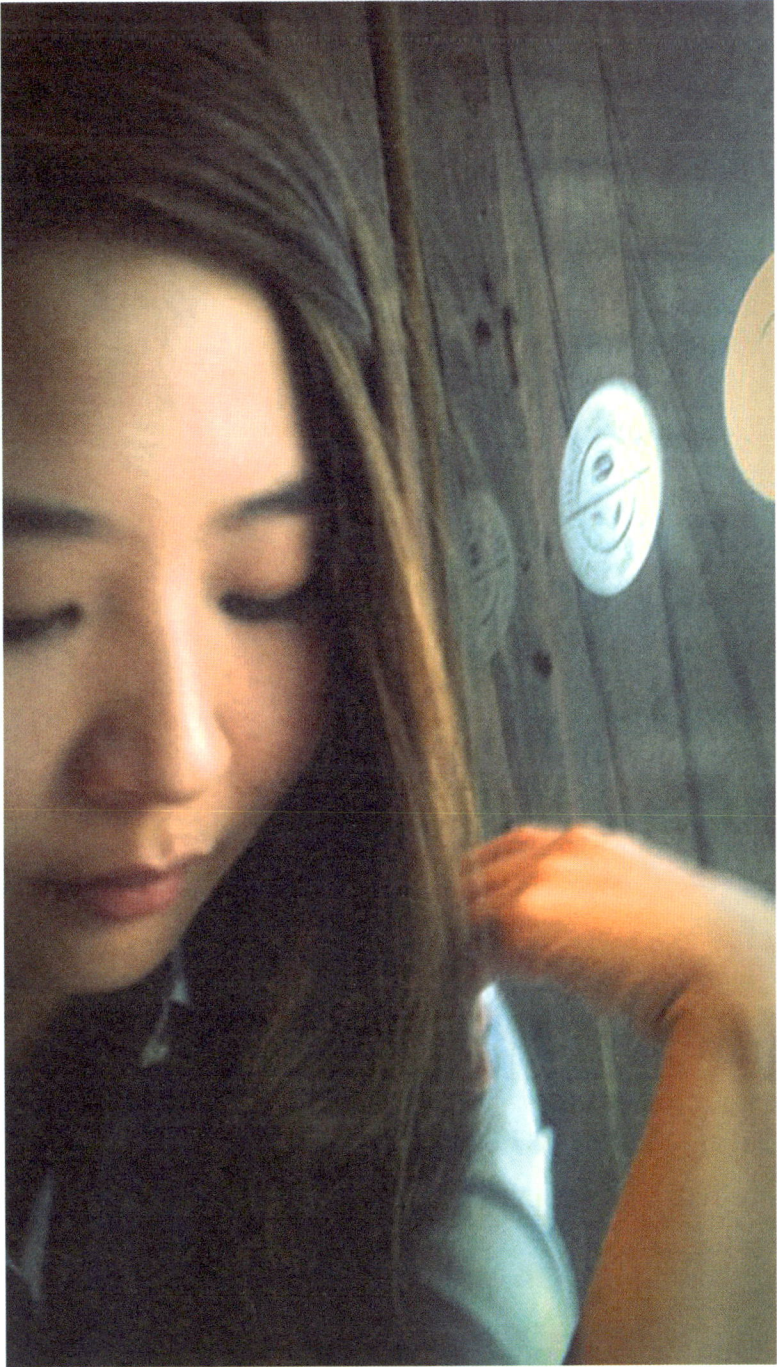

过因为无法随心所欲地购买自己想要的东西，导致她偶尔会对自己发火，质问自己为什么要这样简朴地活着。但是，对现在的生活大体还是觉得舒服并满足的。朴实的日常生活，朴实的人际关系让她得以拥抱最纯真的幸福。

"我仍然会见很多人，但同他们相遇的方式却同以前有了很大不同。不是他们变了，而是我对待他们的方式变了。你说，所谓的交往是不是就是指的这个。最近结交的缘分似乎都上升了一个级别。我一边赚着零花钱，一边打着自由撰稿人的名号为杂志社写稿。为了写稿，还是会外出采访。但是，同采访对象之间的关系似乎与以前有了很大的差异。采访结束后，我们还会相约一起去喝一杯呢。"

对于她来说，寻找人际关系重要性的过程，是非常开心且让人振奋的。对人也越来越好奇，如果真心对他们好奇的话，他们的心门会无意中向你打开。就像她现在居住的韩屋的大门一般，她的心房大门似乎也是敞开的。她就如此打开紧锁的心房大门，来迎接人们的到来。对那些走进自己家中，走进自己心房的人们，她想为他们力所能及地提供最好的东西。饱含真心的美食，饱含真心的心意。

有趣的是，在心门重开之后，欲望也忽然降低了下来，而所有的难题也都很顺利地被解决。她依旧会在 1 个月内写 10 余篇文章。虽然从职场离开，但似乎工作仍在继续。一个月内为写稿取材花费的时间大约一周。内容无论是美容还是服饰，所有领域她都不计较，但是若主题不合自己心意，则会认真拒绝。

但神奇的是，当靠文字为生时，文字却挤也挤不出，而现在却有了很大差别。不过 1 年前，文字对她来说还是那么低产，并且一旦写完绝不看第二遍。但现在不用太努力，文字也会自然而然地流出。虽然算不上什么下笔如有神，但最少写的不是虚情假意，看着让人宽心。

"读日记的时候经常质疑自己，难道我的文字真心如此幼稚，水平如此差劲吗？过去我总为自己独特的文学细胞而自豪不已呢。现在才发现，事实并非如此。不再觉得自己写的文字行云流水，而是自己在读的时候会发现文章中有很多不自然的地方。

只属于自己的凌晨 5 点

在脱离杂志社后，无论是写文章的风格，还是她的日常生活都变得平淡起来。因为不用准点上班，所以早晨的时间是完全属于自己的。她非常非常珍惜并热爱这段时间。她正为了不让幽静的凌晨时间变成睡懒觉时间而努力着。

一天之中，她最喜欢的时间莫过于凌晨 5 点了。每到了这个点，她就会叠好被子，起身坐到桌前写文章，开始整理要做的事。这段时间虽然寂静，但内心却炙热非凡。作为杂志编辑的工作期间，从来不知道自己竟是这番喜欢这段时间。但是，后来才发现，凌晨是自己精神最抖擞的时间。为了不遗失如此辛苦才找来的属于自己的时光，她每每都很珍惜地使用这段时间。只有将在太阳升起之前的这两个小时全部花在自己身上，真正的早晨才就此启程。

在早晨那段时间里，她反而乐于在院子里休息，阅读书籍。距同好朋友开办的读书俱乐部成立已经过去了几个月了。过去上班时也阅读了大量书籍，但那都是为了工作而读的，自然没有什么东西残留在脑海中。所以，决定和同样喜爱阅读的四名朋友聚在一起，读同一本书，一个月一本。负责订书的人搜索作者的相关背景资料，剩下的人则各自摘抄一段自己在读的时候喜欢的小节。不勉强。不过，要是没有完成阅读任务，则需缴纳罚款，罚款则与任务量恰恰相反。用这种方式读书，竟重新体验到独自读书时所无法感知的快乐。

"读过哪本书却无法记住是我最大的烦恼了。而我却遇见了四名女子都有这种情况。成立读书俱乐部就是为了将所读的书在脑海里滞留久一些，如果连丁点儿都想不起来的话，至少可以问人。让干涸的阅读动力重新一点点被找回。"

她从几周前开始学习尤克里里。与其说是学习，更准确地说是随心所欲地拨弄尤克里里。很久以前，她就想过自己要是能掌握一种乐器该有多好。所以朋友向她推荐了尤克里里，因为尤克里里不需要跟着专业老师学习，自学起来很是简单。就这样没有任何计划地开始学习了，虽然没到精通的水平，但悦耳的曲调却是信手拈来。我提议道："那，试着来弹上一曲吧。"她丝毫也不害羞，愉快地弹奏起尤克里里。演奏得虽然称不上多好，但旋律却能流淌在耳中。

午后，阳光穿过古老的玻璃窗投射进来，在门前地板上留下大片斑

驳倒影。阳光照在身上，暖洋洋的。她奏起尤克里里，本不会唱歌的我随音乐轻轻哼唱起来："和我一起踏上旅途，去寻找世间的美好，和我一起奔跑在这洒满阳光的金色麦田里……"

而她演奏的歌曲恰好与她内心深处的愿望相呼应，正是《济州岛蓝色的夜晚》。虽然不知道她何时才能踏上济州岛的土地，但突然想，所谓的场所已经变得没有意义。将欲望清除干净的她，弹奏出的歌曲旋律已然将我带到了济州岛上那一望无际的大海面前。

我想已经没有必要问她"现在的你幸福吗"，因为找不到像样的理由。但她的回答肯定会是积极的。因为，从她的脸上我可以读到"我现在真的超级幸福"的答案。虽然自主地选择了简朴的生活，但她的脸上却丝毫没有出现任何不安或焦躁。她将此归结于"大幅降低生活的标准"。

"随便烤出来的面包也会散发出诱人的香味。没有钱的话，在面包店打工也是个不错的选择呢。因为我是这么想的，所以不会不安或焦躁。因为无论做什么，总是能解决基本的吃喝问题吧？我是不是太过乐观了呢？"

按她的话来说，只要将"想成为什么"或"一定要成为什么"的欲望和野心浇灭，填饱肚子的活儿反而会变得异常简单。而对于三十多岁的女子来说则更是如此了。

活在当下

自己今后将成为什么样的人，以何种方式生活。她思索着。20 岁时按照自己的色彩描绘出了 30 岁的模样。甚至就 30 岁生日该以何种方式度过都有详细的想法，连场所都已经看好。坐在纽约的一家酒店里，像迎接人生最后一刻一般，深吸一口香烟，慢慢地吐出白雾，虽然在她看来，现在还不知道香烟和酒的滋味的人生也不是那么糟糕，但若只能那样活着的话，岂不是无法享受完整的人生。如此，她开始一步一步地准备迎接而立之年的到来。

原本的她滴酒不沾，而在仁川 Pentaport 摇滚音乐节时却发生了奇迹。朋友端来一杯龙舌酒，让她试试看。10 年没有沾过一滴酒的她，豪爽地端起酒杯一饮而尽。第二天早上一起来，仿佛昨夜滴酒未沾一般，神清气爽。她感到既吃惊又兴奋，高呼快哉。从此以后，虽然不是推杯换盏肆意多饮，但至少也能做到配合他人的节奏并乐在其中。在她的冰箱里，摆满了世界各地的啤酒，而她则根据心情来选择喝哪瓶。

从家里搬出来独立生活之后，她也过上了知酒味的生活。

"开始独立生活之时，并没有征求父母的同意，就这样净身出户了。几乎可以说是安排好一切后，通知了一声罢了。从银行借了短期贷款，缴足了全年房租。在安排好一切之后，才对父母说要自己独立生活，外出闯荡一番。对父母说的时候还是有一定思想准备的，哪怕被打断一条腿也一定要独立。但是，父亲却意外地没有发火，甚至对我这样说道：'你怎么这么快就离开爸爸怀抱呢？在你嫁人之前不能就跟着爸妈过吗？'"

　　本以为上演的会是动作片，却没想到变成了催泪电视剧。两人紧紧地抱在一起，眼泪直往下掉。无论是要离开的人，还是要送别的人都是一样的愧疚和难过。女儿现在也了解了什么是酒的滋味，而父亲对能与女儿一起喝上一杯感到十分满足。她有一句非常喜欢的关于酒的俳句。虽然没有完全记下，但大致意思如下：

　　"春天的夜晚，在樱花盛开之时，饮上一杯。夏天看着淅沥落下的阵

雨，饮上一杯。秋天的夜晚，当皎洁的月亮升起之时，饮上一杯。冬天看着一片一片飘落的雪花，饮上一杯。你若想饮酒之时，来寻我吧。"

最近，面对爱好咖啡，滴酒不沾的朋友时，她甚至会吟诵此句，劝他喝上一杯。

十几岁时就开始憧憬青春，在青春落幕之时，原以为所有的一切都会坍塌，但现在她却懂得品尝青春流逝的乐声，乐在其中。虽然在三十岁到来之时要去纽约，现在还未能启程。独自坐在纽约高级酒店里，吸上一支

香烟，饮一口红酒也就无法做到了，但她却丝毫不为之遗憾。因为，她明白，比起计划，享受当下的人生更加有意思。

人们总是对她说道："你真是有勇气。你就这样生活着，若生活费不够的话，还可以再回到工作岗位上。而我当时就是怀着那样的幻想辞了职，在游手好闲的一年内，你可知我内心承受了多少苦痛！"她也承认自己的确胆大并且命好。"我的人生在遇到难题时，似乎轻易就能解开。比起努力要多得多。"

其实我并不同意这种观点。她不是好命，而是做好了充足的准备。第一次见面之时，直觉上就能发现她身上的才能与气质。她知道如何以真心来交流。并且，她懂得如何拉动这场对话。从她讲述的在英国留学时期的小故事中就可以找到答案。

"我英语说得不是很好，但是去英国仅1周之内就在咖啡馆找到了兼职的活儿。一位认识的前辈突然要回国一趟，于是把她的位子让给了我。当时，觊觎那位子的人真的很多。也许在前辈看来，我的英语还不流利，所以应该不会妄自奢求些什么，在她回来时我应该会把位子重新还给她，所以就这样，这份美差落到了我的头上。但是，那位前辈却因为私人原因没办法再回到英国来，所以很自然地我得到了那份工作。在那里工作的期间，比起月薪，拿的小费似乎更多一些。从小时候起，我就被教导要尊老爱幼。自然在看到年岁大一些的顾客进来时，会更加体贴，更多地费神一些。所以，他们会为此而感激，并给我很多小费。小店里的客人本来就多，所以无法科学地去泡咖啡。因此我就按照自己的感觉做了拿铁和卡布奇诺，没想到大受欢迎，甚至有客人专程为了喝我泡的咖啡而来。离别的时候还收到了很多礼物，咖啡馆主人抓着我的手，连连嘱咐让我一定再去。"

刚去英国时，她根本没带足几个月的生活费，而重新回到韩国之时的"身价"竟是比去时高出了几倍。虽然可以将这归结于运气好，但事实上，这就是实力。她清楚地明白，不管身处在哪个位子上，如何去做才是最值得深思的事。并且，她会深深享受于其中。

她拥有一股能量，不仅是自身，更让他人也幸福起来的能量。所以她"找到幸福"的才能可是比任何人都出众。

龙舌兰酒和鳐鱼刺身

每当我喝龙舌兰酒时，总有好事发生。

原本喝不了的酒现在可以一饮而尽。

就像陷入神奇的魔法中一般。喝一杯龙舌兰，竟然世间那么多美好的事在我身上发生，我喜欢这种感觉。

好似，跨越了自己定下来的界限一般。

还有一个能表现出我灵魂的食物——鳐鱼刺身。

事实上，鳐鱼刺身并不是女人喜欢的食物。

特殊的味道容易让人皱眉堵鼻，但是我却勇敢地挑战了那个味道。

要说它是像吱吱地冒着血的牛排，还是长得让人恶心的猪内脏呢？

对于食物，我似乎属于很有勇气尝试的那一类。

所以，我想那是不是和我生活的方式相似率很高呢？

虽然一直苦恼于"是要越过去还是原地踏步，要做还是不要做"的苦恼，

但一旦决定，就会鼓起我全部的勇气去拼一把，

无论会怎么样，

就像用筷子夹起一块鳐鱼刺身送入口中时的感觉。

最近，我完全迷上了鳐鱼刺身。那~前面，仁寺洞那里有一家我经常去吃的店。

Kamome's Guest

海鸥食堂的第二位客人——**郑昊贤**

有些路不去走，
怎会知道它那么美

提到古巴，总会想揭开它的神秘面纱，因曾公开宣称与美国断交，却仍然活得好好的国家里聚集了大批疯狂迷恋舞蹈和音乐的浪漫的人们。埃内斯托·切·格瓦拉和菲德尔·卡斯特罗的革命在此拉开帷幕。电影《乐士浮生录》（Buena Vista Social Club，又名《乐满哈瓦那》）向我们展现了一个发生在这里的动人故事。这里好像连空气中都散发出雪茄和莫吉托的香味。

韩国人中去过古巴的不多，海鸥食堂的第二位客人绝对属于这少数人的一分子，为此，她感到很自豪。

我虽然从未去过古巴，但身边却有不少朋友去过，我的一位做电影制作的朋友同电影导演宋一坤曾一起飞去过古巴，制作拍摄了纪录片《时间丛林》。另一位旅行作家朋友，则跟随海明威的路线，在古巴完成了2～3次的深度游。还有一位前辈在为韩民族日报的讲座做企划时，组织了文化纪行团，去古巴游玩了两次。曾经做独立纪录片制作的朋友，也向我炫耀他曾坐着拍摄车去了一趟古巴。除此之外，有朋友曾追寻村上春树的南美旅行路线，经由美国和墨西哥到了古巴。还有一些朋友，在此难以一一列举，他们为自己从墨西哥和古巴开始的南美旅行而感到欣慰。

啊，古巴！就像《红男绿女》的主人公在剧中高喊"哈瓦那"一般，虽然是一片遥远而又陌生的土地，但却有位女子在这片不知为何感觉亲切的土地上，遇见了古铜色皮肤的丈夫，然后结婚生子，过着幸福的生活。我坐在开往江边北路的车里，坐在旁边的游客兴致勃勃地说着自己去古巴游玩的故事，并且还搭配了这样一个传说中的故事：

"有一个女孩子哦，每次都很用心地跑来我们文化中心听影像讲座课程。因为真的是非常非常努力，所以渐渐和我也熟起来，之后就待在我们文化中心做兼职。后来，她说要去加拿大留学。再后来听说，她去古巴旅行时结交了一名小她10岁的古巴男子，两人现在结婚了，在古巴过着恩爱的生活呢。"

她的故事实在罕见。虽然，有很多朋友去过古巴，但他们不过是短期旅游罢了。而对于干脆待在古巴不走了的她，我很是好奇，很想知道她不为人知的生活。车窗外是一望无际的汉江，澄澈的江水平静得如同一匹白练。听说她还拍摄了一部电影，想必生活应该过得相当有滋有味吧。

◗
真正的自由主义者

没过多久，听说了她拍摄的讲述爱情故事的纪录片上映的消息。不过只在几家小文艺剧场上映，显然会无声无息地消失在人们眼前。但，她还是将纪录自己爱情故事的纪录片向世人公开。体裁也很特别，她还起了一个平铺直叙式的名字《古巴的恋人》。

　　原本定的名字要比这个更夸张，叫做《为古巴痴狂的女人》。光看名字的话，确实容易对这部片子持有偏见，认为看完这部片子就会鸡皮疙瘩掉满地。

　　犹豫又犹豫之下，最终还是跑到电影院看了这部片子，竟然对她人生的全部开始好奇起来。《古巴的恋人》讲述的并不是对古巴疯狂着迷女子的故事，也不是与古巴男子展开一场轰轰烈烈爱情的女子的故事。电影里描述的是一位好奇心旺盛也很有勇气的女子，在她的身上却始终带有韩国人特有的保守与强调秩序的思想，讲述的就是她的日常生活，不添加一点虚假的调味料。这女子同我真的非常相似。知道"不同"与"对错"之间的差异，需要花费很多时间才能让身体完全熟悉地域上的差异。她的身上既有对异国的憧憬，也有对其深深的误会。

　　我对她的私生活实在是好奇，所以约了他们夫妇见面。约定的场所以前曾是一家生产皮鞋的工厂，后经过改造成了今天的咖啡馆兼画廊。与她先生奥利·埃尔皮斯（爱称是奥利）见面后就发现奥利像一个好似话多，又调皮捣蛋的儿子一般，面对妻子的责怪也丝毫不在意，丝毫不掩藏自身的好奇心。而她看上去个子很小，体型胖胖的，外貌也并不出众，但却隐隐约约散发出奇特的个人魅力。第一眼看她可能会觉得长得有些过于平凡，但到离别之时，你会发现那张脸越看越有魅力。她虽然说自己身上带着韩国人的保守，但事实上在我看来，她的灵魂是无限自由的。同装出来的自由是完全不同的，她是真正意义上的自由主义者。因为真正的自由，所以，不会炫耀或去展示那份自由，不过是将自己原本的面貌就这样展现出来罢了。

在我看来，每一个灵魂都会有它的级别数。就像打磨擦拭，自身的素养便会升一级一般，愈打磨擦拭，自由的思考因子就会愈丰富。正看着电视里播放的某脱口秀节目之《吉卜赛特辑》时，突然冒出来这种想法。出场的嘉宾们有一个共同点，即拥有吉卜赛人的灵魂。虽然他们看上去都是那么自由奔放，但他们自由的级别却不相同。有的嘉宾很努力地想要表现出自己的自由奔放，而有的嘉宾则将自己最普通的一面展现在人们眼前，即使那看上去并不自由。但要说谁看上去拥有更加自由的灵魂的话，反而是后者。前者用尽力气呼喊"我的灵魂是自由的，所以讨厌一切条条框框。我决不会生活在规则的世上"，而后者什么也没有说，也未道破自身的热情，但奇怪的是，看上去如超脱了一般，那种自由的感觉是深深烙印在骨子里的。所谓嬉皮士的生活，并非举着牌子示威，而是在纸板上写上一行字，用身体将它表现出来，用自己的行为来证实。

笑容连连在她脸上绽放开来。她没有丝毫要包装自己的意思。煎炒油炸，争吵的样子，像社区大妈一般随心吐露自己因为文化差异而辛苦的故事，然后嘻嘻地笑着。按我的标准来看，她真的属于级别很高的女人。并非因为她有勇气，只是为了爱情就跑到古巴而断定的。也不是因为她有勇气与比自己小10岁的丈夫结婚。

梦想从被毁的摄影机开始

　　她原本在一家内裤工厂的电子计算室工作。那时期韩国工厂正掀起技术革新，争相配备电算化系统。托哥哥的福，她从小得以熟练操作计算机。因此在考大学时，她第一志愿填的是计算机系，但未能选上，就落到了第二志愿——地理系。大学期间，她却将本专业学习推到一边，完全陷入计算机的世界中。而多亏如此，毕业后她才得以轻轻松松就成了一名计算机程序员。那时期要想找一名会电脑的人实在很难，而她作为稀有人才备受关注。她既喜欢操作计算机，又热爱电影，所以临近毕业之时，她希望找的工作是能将这二者紧密联系起来的。但在当时，将计算机技术运用在电影上可谓是连想都不敢想的事。而那时候，世上还未出现图像艺术家这个职业。于是，她紧闭双眼，开始在办公室里埋头苦干，努力做编程。

　　一匹衣料最多可以做几条内裤才能将原料最大化利用。这种看似轻巧实则关系到工厂生产的重要问题，则需要靠她编写自动化系统来解决。正当她孤军奋战之时，一天，一位在劳动者新闻制作团工作的朋友打来了电话。那段时期，韩国的劳动法改革越改越糟，激起人们的强烈反抗。朋友希望能将示威现场用影像的方式纪录下来，但他们却没有摄影机，于是向她求助。朋友问她，如果你有摄影机的话，能不能借我们几天。她无法拒绝朋友的请求，只能将自己还没摸热的摄影机借了出去。但是，十天后，摄影机才重新回到她的手上，在遭到水枪和催泪弹袭击后的模样，用一个词来形容就是惨不忍睹，已然可以直接报废了。

　　打出要直接操作摄影机的奇怪理由，向着每月工资准时进账的上班族生活挥手再见。入职仅两年就递上了辞呈，对她来说无疑是既高兴又留恋的决定。

　　"我虽然知道辞职的决定会让我饿肚子，但受到在劳动者新闻制作团工作的朋友的影响，开始制作纪录片，并深陷其中。"她同朋友共同创建了独立纪录片制作团体 A-TV，开始漫无目的地拍摄作品。

　　她一边在韩民族日报社的文化中心认真学习影像制作，一边开始努力拍摄自己的作品。她的处女作是在 1999 年完成的。60 分钟的纪录片《不平凡的平凡》在全州国际电影节及山形国际纪录片电影节上放映。之后，只要一有钱，就绝对像写日记一般，从身边的小事开始搜集热点时事素材，用摄影机将丰富的社会事件、事故纪录下来。从一位普通母亲为何要把自己大半辈子积蓄都奉献给社会，到做援助交际的人们的心理又是什么样的。甚至连自家迎接节日时的场景都一一纪录下来。

　　拍摄纪录片的话，会越来越对学习感到如饥似渴。虽然因为自己从未正式学习过，所以可以相对较自由地拍摄，但是想正经学习电影拍摄的欲望却从未减退。在自己从程序员转业拍摄纪录片过去的 3 年间，她曾鼓起勇气背起行囊踏上了飞往加拿大多伦多的飞机。"不要遗憾终身，努力学习一番再回来吧。"母亲对于女儿不结婚去留学的做法，所流露出不满意的神色至今历历在目。在机场送她上飞机时，朋友对妈妈似开玩笑一般说道："郑妈妈，要是昊贤给你找回来一个加拿大女婿怎么办啊？"母亲似已绝了念头一般回答道："哎，现在她找谁我都不会反对了。只要不是一个黑人就好。"

为了躲避严寒，向着温暖的古巴出发

加拿大的冬天很长，人们虽然都很和善，但是却给人一种冷冰冰的感觉。虽然时常有人问你，需不需要帮忙，但真正需要帮忙之时却没有人会帮你。人和人之间有很多无法跨越的界线，所有的行政业务都必须用签约的方式进行，可以称得上是个以文件为中心的国家。

有一次，因为家里着火，她不得不搬出家长达一个月的时间。火是从楼下烧上来的，而她家也被烧得够呛。于是，她打电话向房主说明这一情况。并且问道："那房租该怎么解决呢？"房主首先对她家着火表示遗憾，随后问她有没有买保险。贫穷的留学生哪有什么闲钱来购买保险？当她回答没有后，房主立刻对她表示遗憾，并再三强调因为已经签订合同，所以必须按书面材料上的规定继续缴纳房租。有没有参保是你的事，不管发生什么你都必须按照合同上的规定履行你的义务——交房租。虽然话说得没错，但还是莫名地觉得委屈。

漫长而又寒冷的加拿大冬天一直持续，突然有一天，她实在是怀念质朴的人情味，于是冲动之下背起行囊向着温暖的南边国度出发了。古巴，梦想中的古巴，就这样向着温暖的古巴飞奔而去。

想尽快从寒冷的冬天国家中逃离，如果目的地是古巴，那没有比这更完美的了。所幸的是，从加拿大起飞飞往古巴的航班并不少。古巴是一个相对封闭的国度，但在加拿大则还是能以相对便宜的价格购买到直飞古巴的机票。2004 年的冬天，她和几名朋友一起收拾行李火急火燎地动身去了古巴，在那里度过了一生都无法忘怀的美好时光。从古巴回来的她自那以后就患上了对古巴的相思病。想再去一次那里的心情，对那里的渴望开始向上喷涌而出。在第二年的秋天，烦人的加拿大冬天开始肆虐前，为了躲避这严寒，她坐上了飞往古巴的飞机。这一次可不是几天了，而是漫长的 4 个月。

在哈瓦那遇见爱情

为了拍摄点素材，她扛着摄影机努力地穿梭于古巴境内。有一天，她的镜头里突然闯入了一个男子。他的头发好似接受过爆炸洗礼，再加上全身犹如黑珍珠一般黝黑的皮肤。在看到他的一瞬间，她的心中不由自主地响起一个声音："哦，天哪，他的眼睛可真漂亮啊！好像刚出生的小牛一般的大眼睛，一闪一闪的。"男子望着这个陌生的东方女子，没有恶意地笑了笑。

除此之外，没有更多其他的情感包含在其中。古巴男子似乎总是这样，对于近距离的女子都会礼貌性地开开玩笑，表示自己小小的一点好感。"几天后在这附近会召开学生庆祝活动，你要不要和我一起去看看呢？"他向她申请约会，可这并不属于男女朋友之间的约会。而她则心飘飘然，数着手指期待这天的到来，结果直到庆祝活动开幕的那天，也还是没能等到他的联络。无奈之下，她只得同其他朋友一起去参加了庆祝活动。

　　而那天，在她用摄影机纪录庆祝活动现场热况时，那个有着牛犊般大眼睛的男子又闯入了她的摄影机镜头中。明明是犯了拈花惹草的"罪行"，却仍然一副"厚颜无耻"的样子，还笑着向她打了声招呼。出于自尊心，她无法摆出一副若无其事的样子，敷衍地问候了几句后，就扛着摄影机专心投入到纪录现场热况之中了。二人的爱情之路也开始进入了分岔口。

　　她为了抓拍到精彩一幕，扛着摄影机在现场东奔西走，而摄影机却不小心地擦碰到了他的屁股。可是，她却对这一让人不好意思的突发事件一无所知。残留在印象中的不过只是庆祝活动很有意思，参加庆典的人们热情洋溢，而自己忙得昏天黑地。但是，在那一瞬间，男子却并不知道这是摄影机镜头碰到了自己的屁股，而误以为是她闹着玩地诱惑自己。他突然开始对她好奇起来。那个女人真的对我有好感吗？那跟她一起来参加庆祝活动的男人又是哪个家伙啊？那个男人要怎么办，难道这是向我发出交往的信号么？

　　爱情虽然始于误会，但最终还是圆满的。而促成这份圆满的终究还是她。

如果不在适当的时机鼓起勇气的话，即便两人对对方都抱有好感，但两人也不会有进一步的发展。正当两人都享受在这过程中时，有一天，男子打了一通电话过来："我想去你家玩，是我一个人去还是和朋友一起去呢？"她没有用韩国人特有的拐弯抹角式的说话方式，而是鼓起勇气说道："嗯，你自己来吧。"从这天开始，两人之间的爱情故事上演了。

他的眼里只有她，而她的眼里同样只有他。其他的世间万物看不到也听不到，只有爱情在萌芽，在滋生。

只要我爱你，而你也恰好爱我

4个月的交往最终还是分手了。之后，她回到了韩国，努力想把这一场犹如夏天午觉般短暂的恋爱完完全全忘却，可爱情就像被雨淋湿的树叶沾在身上，不管怎么抖始终也没有掉下来。恋爱比想象中的要持续得更为持久。每天贴着电话听筒，好似回到少女时期一般享受着恋爱的甜蜜。有一天，脑海中突然冒出这样一个想法：反正自己也没有工作，而他现在也是学生，比任何人都自由。"在一起吧！在一起吧！不管那里是哪里，只要是可以一起去的地方，就一起走下去吧！"

他们第一个定居的地方就是古巴。她飞去古巴，开始同奥利·埃尔皮斯一起过上了同居生活。奥利在古巴哈瓦那上学，两人就在那附近过起了甜蜜的二人生活。结果，不知不觉间竟怀孕了。于是，调理身子的活儿则交由先生的父母亲来负责。头脑一热就这么正式地开始同古巴人民一起生活了。在古巴生活了一段时间后，愈能感受到古巴的生机与活力，那是个耐人寻味的国度。虽然与心里所想的完美浪漫之都还有一定差距，但是，他们的生活，想法，所有的一切都同韩国人有着很大差异，因此每瞬间都像阅读推理小说一般，不到最后一刻永远猜不出结局。

在古巴，有许许多多的夫妇都是姐弟恋，事实上，他们根本都没有意识到自己是姐弟恋。郑昊贤导演在拍摄纪录片时，采访了许多古巴情侣。她问道："你们之间差了几岁？"而他们却真心不知道对方的年龄。在被郑昊贤导演问到后，这才火急火燎地开始询问对方的年龄。结果，他们同样是姐弟恋大军中的一分子。有一对情侣差了9岁，另一对差了8岁。"哇哦！你们也属于相差挺大的姐弟恋嘛。"她对此感到很是惊讶，而惊讶的她却反而变成了更让人惊讶的人。

"古巴人在和谁谈恋爱时不会去问对方的年龄。甚至连对方是单身还是结婚了也不会问。只要感觉对了，就先谈着。有爱人还是单身，已结婚还是未婚的问题则排在第二位。在他们看来，只要现在我爱你，而你也恰好爱我的话，先确定这事实之后再去解决现实生活中的阻碍也不迟。"

因为是在古巴，所以一切的一切在那里都是很自然的。他们眼中的对方是有趣的，通过情感交流，陷入爱情，然后想永远在一起。不过如此。

虽然她向来自豪于自己属于韩国女性中相对开放的，对其他文化的理解力也较强，但同奥利·埃尔皮斯相恋以来，还是听到了很多陌生而又委屈的批评。

"虽然你的年纪比我大十岁，但是在爱情方面，你还是个初步上路的新手哟。你完全不知道要怎么去爱嘛，就像小朋友一样。"虽然不好意思，可她也不得不承认这个事实。起初，她将这归结于自己不多的恋爱经历。但没过多久，她才认识到这其实是源自自己韩国式的思考方式。

"怀孕期间需要有人照顾我，所以去了乡下小村庄的家。在那里同公公婆婆一起生活，并且重新学习了爱的方法。在我家，我爸我妈属于经常争吵的一类，但奥利家的气氛完全不同，家人之间真的是亲密无间，其乐融融。非常有爱。"

她想，因为是那样长大的，所以才不会有不顺心的地方吧。但另一方面，想到先生可能一辈子都无法理解自己的小忧伤、小忧虑时，她就觉得很是伤心。先生因为毫无修饰，所以一直以来都是直言快语的。想和你在一起的话，就明明白白地告诉你。生气的话就生气，觉得奇怪的话就会一股脑地全说出来。但她则属于典型的韩国人，说什么都拐弯抹角地去说，并不直接表露自己的心声。想和你待在一起也不会告诉你，嘿，留在这里陪我。而是会问他："嗯，你又要出去啊？"而先生却无法理解东方女子的内心世界，直接回了一句"嗯，是啊"，然后就真的出去了。先生完完全全没能理解，原来妻子的提问中暗藏着"想和你待在一起"的信息。连韩国男人都不了解韩国女人真正的内心世界，自然心直口快的古巴男人就更没办法理解了。

通常，古巴人在对某人有不满情绪时，无论那人的年龄、地位，首先会明明白白将自己的不满吐露出来。当她对婆婆的做法有不满时，会拜托先生向婆婆好好说说，可先生却一本正经地答道："干吗要告诉我啊？

那是你对妈所感受到的情绪，告诉我的话，我不是还得向妈转达嘛。干吗要把事情变得这么复杂呢？"奥利的话虽然没错，可她对于向自己的长辈吐露心中不满的方式实在是觉得别扭。韩国的文化同古巴的文化差异真的太大，即便同先生一起生活了5年，到现在她还是不习惯有什么说什么，并且还是认为对待比自己年长或地位高的人得遵守那套惯有的礼仪。这就是所谓不一致的生活习惯。

▶ 一半是古巴，一半是韩国

长时间在那样不同的文化背景下生活过来的两人，现在正在痛苦地学习对方的文化。孩子出生后，郑昊贤导演一家打包行囊，一起飞到了韩国。但是，对奥利来说，在韩国的生活要比想象中痛苦许多倍。并不像郑昊贤导演对于古巴生活所感受到的浪漫。奥利对于韩国的价值观以及饮食文化还是觉得很陌生，无法享受其中。我问他生活在韩国最困难的一点是什么，这个男子很干脆地回答道："就是我并不生活在古巴。"乍一听好似文不对题，但实际上这句话就是他内心的解答。

古巴并不是一个走在全球化进程中的国家。在古巴境内，你找不到一家麦当劳餐厅。它对于外部的文化是完全封锁的。古巴人几乎没有什么人离开古巴，去其他国家旅游。也就意味着，其他国家的文化根本无法进入古巴的国界线，更别说融入其中了。

虽然拉美文化传遍世界各地，但是那和古巴文化有着很大的区别。在

一片完全感受不到任何古巴文化的土地上长时间生活，也就意味着周围没有人能理解你。在古巴时，奥利若有什么烦心事，除了对她倾诉外，还能约出一大帮朋友，通过向他们倾诉来解决。但现在，她是唯一能倾听他诉说，并缓解他压力的朋友。若倾听对象缩小成了一个，自然会感觉郁闷。奥利说他在韩国的生活可真心不容易。对待比自己地位高的人不能吐露不满，有想说的话也不能直接表达出来，得经过好几轮才能传达出去。这让他完全无法理解。因此，会经常发发小脾气，撒撒娇。看着先生这样，她的心里也不好受。喜欢同朋友聚在一起的丈夫，无意之间开始观察自己的内心世界，认真省察。"从这点来看，住在韩国对他来说反倒是一件好事。作为一名设计师、音乐人，他需要长时间来省察自己的内心，无论如何对他还是有好处的吧。"

虽然，直到现在还是有很多生活上的困难，但那若是两人可以一起去的地方，不管是哪里都无所谓的，因为心仍然没有改变。

"在古巴的时候，总是听昊贤这样说道：'这个韩国有，这里没有。这个在韩国可以轻易做到，而这里却很难。'"每当听到这些话，奥利就误以为韩国是这个世界上最完美的国家。因此，在真正来到韩国之后，他非常的惶恐不安。天哪，这吵闹的城市，快速奔走的人们，这些在享受慢生活的古巴人眼里看上去是那么薄情而又辛苦。因为古巴人和韩国人思考问题的角度非常不同，所以他想，在韩国要站在自己思考的反方向来想问题，这样才有可能得出正确的答案。

关于未来，我们一无所知

现在的问题不是应该去哪里生活，而是做什么工作才能生活。问题的方向已经转移到经济生存的角度。对于纪录片导演来说，很难补贴很多家用。而设计师与音乐人的生活同样也是步履艰难。两人在古巴时总会发牢骚说，很难找到工作。在韩国的生活也同样有许多问题。虽然不知道生活在韩国，是否能赚很多钱，但是艺术家的生活却还是很艰难的。

真是进退两难的局面，应该在哪里做着什么样的工作才能活下去呢？在古巴，你能找到自己想要的工作，却无法获得满意的酬劳。而在韩国，虽然找工作异常艰难，但一旦找到工作，却能收获相当可观的薪水。是古巴，还是韩国？

原本，在古巴时，奥利属于准成功人士，也就是将来一定会成功的一类人。因为古巴只有一所设计类院校，因此，若从设计专业毕业的话，你可以将所有古巴产业要求设计的工作全部尝试一遍。古巴的国家政策在人才培养方面，遵循供给持平，即不多培养一名超额人才。而在至今还未完成产业化的古巴，只有极少数拥有非凡艺术感觉的人才能从事设计这一职业。因此，奥利为自己是一名古巴设计师非常自豪。在古巴，若你说"我在设计大学念书"的话，对方总是激动地说道："哇哦！设计大学吗？"但在韩国，最让奥利感到荒唐的莫过于此。当有人问自己专业是什么时，若回答"我是学设计的"，对方说自己同样也是"设计系"毕业的人可是一抓一大把。

"你也是设计系出身？我也是诶！但干这一行真的赚不了什么钱。设计师是非常辛苦的职业啊～"

我反问道，在韩国学习先进的设计技术再回去的话，不就成了么？但奥利回答说，为了解决生计问题就已经很忙了，不仅学不到什么设计技术，反而因为韩国快节奏的生活导致原本习惯于边玩边干活的他很不适应，在韩国做设计就更没灵感了。想好好设计一个作品，但上头又不给足时间，所以很是辛苦。因为这样那样的理由，他最终在韩国放弃了自己喜欢做的事，现在主要靠一口标准的西班牙语来赚钱。平常时间里在外国语高中教西班牙语，而周末则去制作动画片。有时候还会帮助妻子做电影里需要用到的音乐及美工的工作，通过这种方式来满足自己对艺术的渴望。

妻子在韩国终于完成了 5 年间都没能收尾的电影。抛弃"疯狂迷恋古巴的女人"这一设定，讲述的是与一名古巴男子相遇的韩国女子，她在往返于古巴和韩国之间所感受到的价值观差异的故事。妻子的这部处女作最终在商业影院上映了。虽然没能赚很多钱，但所幸的是身为一名韩国劳动者得以在古巴找到了有薪工作。受古巴一财团的委托，她负责将古巴人民的日常生活记录下来。

郑昊贤一家人将在不久后再次回到古巴，在那里工作，养育孩子，并且计划利用业余的时间制作拍摄另一部讲述古巴故事的纪录片。不过，这一次的主题不是自己的爱情故事，而是讲述古巴人民自由奔放的性生活与爱情。古巴的年轻人大多在 13 ～ 14 岁就会经历自己的第一次。古巴人渴望爱，若没有爱人，他们连一时一刻都无法忍受。并且，一旦相爱将会比任何人都全身心地深陷其中。这一次，她打算探索、研究一番古巴人恋爱时，像糖果一样甜蜜地融化对方心灵的相爱方法。

　　我想，她的先生历经多时，这回应该吃得上美味的古巴灵魂食物——黑豆饭了吧。吃着用未熟透的香蕉煎炸制作而成的食物，做着自己真正想做的艺术设计，这回应该能赚着钱了吧。钱也许并不多，但作为幻想家奥利来说，最少也能开心地工作，并为此感到满足。而郑昊贤导演的未来仍然一片混沌，似在迷宫里前进，但就像她从工厂跑出来后，即便过着艰苦的生活也满足一般，乐观的她有勇气笑着面对人生的弯道，并不为此而纠结、苦恼，我想这真是一件万幸的事。她说："我想，要是我没有成为电影导演的话，也许会成为一名戏剧演员。我很喜欢逗别人笑，说不定会成为第二个全元珠（韩国老戏骨）呢。哈哈哈～"享受自己乐观一面的她说完后，轻快而又爽朗地笑了起来。她的先生开玩笑说她是没规没矩的幻想家。不过从某一角度来看，也许她先生同她在这一点上是重合的。

　　"幻想是什么不好的东西吗？大家幻想着过生活不是很好吗？"

　　她的幻想并没有止步于幻想，而是渐渐演变成愈来愈有趣的现实。这就是乐天主义者所打造的惊人魔法。

泡菜汤

我喜欢喝热汤。其中，最喜欢的要属泡菜汤了。

那种烫烫的，爽口而又极具本土的味道，同我真的是很相似呢。

将腌制好的泡菜放入锅中后，开大火开始熬煮，即使不放其他任何材料也很美味。

在国外生活了很久，所以就愈加思念泡菜汤的味道。

这也是在古巴无法做的料理。

我丈夫到现在还不大明白泡菜的味道。

所以，自然而然地会想，为什么我会想吃这个。

但是，我同样无法理解古巴人非常非常喜欢吃的，叫做尤加的食物。

我没办法下口，有一次因为太甜，吃着吃着竟出现了眩晕症。

我想对于奥利来说，泡菜也属于这类食物。

昨天，他在洗碗时，想把装泡菜的小桶也一并洗了。结果一打开泡菜桶盖，他就忍受不了了。

直捏着鼻子说道："啊，这味道好奇怪。"不自然地用手指尖指着泡菜桶。

同长相不同，爱好也如此不同的人一起生活，真是神奇的一件事。

但即便如此，我以后也还是会一如既往地热爱泡菜汤的。

也许远离
才能靠近自己

忽然一下，在平凡至极的人身上发现不平凡的痕迹。我同她第一次见面是在某外联公社，那时我俩都是该公社的记者。这个胖乎乎的女子与我同岁，温厚老实，但因为过于遵守礼节，看上去一点也不灵活，不懂得变通。这个认死理的姑娘并没有给我留下什么深刻的印象，我们的日常界面也就在一酒席上画下了终止符。我没有为此感到任何遗憾。并且对于她的印象、说话时的语气，也很快就忘得一干二净了。时光飞逝，白驹过隙，相遇总是同一粒尘埃一般轻易地飘走。我给自己定了一年的期限，之后就选择了辞职，尽情享受我的简朴生活。而她则平步青云，当上了 SM 娱乐公司的部长。称呼安七炫和宝儿就像称呼邻家弟弟妹妹一般随意。就像对待兄长一般亲密地同李秀满社长谈话。在人物形象设计公司丰实了羽翼的她，后进入 SM 娱乐公司担任人物形象事业部部长一职。努力将旗下艺人的形象开发、发展成文化商品。在韩国，艺人形象产业还属开创新的新领域。她对自己的工作比任何人都要投入，并享受其中。在任何人眼里她都无疑拥有一份华丽的职业。

有一天，她突然腼腆地提出想和我一起吃顿饭的要求。那时我刚结束完旅程回到家，无业的我面对这一请求不禁吓了一跳。我实在无法推敲出她为何要见我一面，最终还是选择宅在家里，放弃了听她述说个中原因的机会。不管怎样，她并不是我想见的人。然后时间就这样过去了一两年。

那阵子，就像无法预知电影的反转情节一般，我听说了她辞职去旅行的消息。从未想过这个叫李景苑的女子竟能做出这个决定，让我真的是大吃了一惊。是什么如此强有力地动摇了她的心？又是什么怂恿她离开这个光鲜的职业呢？我这才真心后悔在我离开之前，没能去赴那顿饭约。

三十五岁，就像一道坎，搅乱了很多人内心世界的平静，焦虑、失落等各种小情绪你方唱罢我登场。我相信她也有所感受，但在那时我没能同她一起分享内心的故事，没能绘声绘色地向她传授旅游的意义。

▶
慢慢走，才可以看见最美的风景

她开始踏上旅程，但和大部分背包客不同，她的旅行节奏很慢。她说，有时候碰见韩国人的话，他们中的大部分人都会问她这样一个问题："在塔林（爱沙尼亚首都）这么个小地方你居然待了5天？其间你都做了些什么呢？"在陷入了尴尬的沉默和寂静无声后，她的世界便与提问者的世界彻底分离开了。就像用裁纸刀将白纸裁开一般，甚至能听到两个世界分离时"咔嚓"的声音。

塔林，只需半天就可以游完全部的观光景点，而她在那里也能度过相当充实又美好的一段时光。早晨爬上那座城市最高的小山丘，在那里散散步。午后跑去当地邮局给朋友们寄塔林的明信片。傍晚则坐在青年旅舍的沙发上边喝茶，边读书。城市越逛，可看的东西也就越多。昨天散步时未能入眼球的美丽标示牌，今天却鲜明地闯入视线，有时候连看到陈旧的门锁也会驻足。有时，会发现早晨刚开的花，在傍晚竟已凋谢。晚上看到画在石墙上的涂鸦在第二天早晨已被清理干净。放慢速度走的话，你能看见快步走时所无法看见的东西。

她喜欢骑着摩托车浏览，从踏上旅程起，她的步伐如同乌龟一般缓慢。去俄罗斯，去欧洲都不是直达的，而是先从中国出发，慢慢地晃到俄罗斯，再从俄罗斯坐火车去欧洲，悠闲自在地走完全程。坐列车穿越西伯利亚去俄罗斯的话，需要足足花费 6 天时间才能抵达。

　　首先横跨沙漠，再穿越游牧民的栖息地，最终抵达了俄罗斯。在火车上同她一起度过 6 天的那名德国男子有些独特，6 天内一次都没有清洗过头发！要是在韩国的话，说不定会流着眼泪向他喷口水，说他是个无法近距离接触的人类。但在列车上，她却觉得这个孩子很有意思，完全激发了她的好奇心。同时，生存本能也告诉她，这是你唯一的说话的伴儿，所以要好好待他。

　　不管在哪里，她都经常止步不前，经常驻足休息。仿佛不是旅行者，而是走着走着累了就随地坐下休息的游牧民一般。经由俄罗斯，经由北欧，逛遍了整个欧洲和东南亚，她最终决定在位于东南亚的泰国停留几个月。而将这个居无定所的三十五岁女子紧紧留住的，是散发出臭臭的而又异常奇妙味道的泰国料理。很多人可能都吃不惯的泰国料理，她却能吃得很香。某一天，她突发奇想地想要用自己的双手来做一次泰式料理。

　　"不过是想亲手尝试做做泰式料理罢了。我想学习泰国料理的做法，这样将来在首尔的家里我也能做泰式料理。"

　　从这时起，她就暂停了旅游的进程，报名参加了泰国料理学院的课程，开始正式学习做泰菜。学做料理真是一件有趣的事。她发现了自己内在竟有做料理师傅的潜质。虽然别的不敢妄言，但她发现自己对食物的好奇心比其他人旺盛许多。去越南旅行时，被越南炼乳咖啡深深吸引，于是收集了整套制作越南咖啡的器具带回国。现在还会用从越南买回来的炼乳做成咖啡招待朋友。

将时针再往前拨的话，当她还在韩国公司上班时，似乎就已经凸显出她料理的水平与众不同。虽然不是全职太太，但在周末她很喜欢为侄子们做好吃的料理。从这些事情来看，她在泰国参加料理班学习也就见怪不怪了。虽然没有要开一家泰国餐厅的宏伟目标，也没有志向要做一名泰式料理师傅，但她希望能将泰国的美食同韩国的家人、朋友一起分享，于是下定决心要努力学。那也是她虽身在旅行途中却仍然驻足的真正理由。

没有工作更要用心生活

"SM娱乐公司没有要你重新回去吗？"结束一年多的旅行重新回到首尔时，人们都会问这个让她难堪的问题。每每被问到时，她总是一脸无奈。

"那边没有让我回去，但即便说了我也觉得回去是不可以的。在别人辛辛苦苦工作的一年间，我疯玩了一把，若再重新回到我之前的位置上的话，那岂不是成了同事的公敌了？谁会举手欢迎？！因为在上班期间，我比任何人都用心地工作过，但若重新回去工作的话，可能我的生活重心将不再是工作，会有很多其他的新事物将它填满。按我的性格来说，我可能还是会用心工作，但我没有自信能够工作得很开心。"

她在一年间的旅行中，在脑海中就人生的第二幕仔仔细细地规划了一番。做什么工作，该如何生活。她曾感受到强烈的恐慌和不安。

工作期间的她为人处世比较随和，同混迹这一领域又喜欢美食的朋友们一起组织了一个聚会。即便从公司离职后，她依然会参加这个聚会，因为也没有不去的理由。但是，有一天，一位朋友为了给在韩国分公司上班的日本朋友排解相思情绪，提议去日本朋友家做韩国料理吃。到了以后，大家纷纷掏出自己的名片同那名第一次见面的日本朋友交换起来。瞬间，她感到十分尴尬。第一次见面，却没有可递上的名片介绍自己，甚至连Title 都不知道说什么好。只是尴尬地站在那里。好像一场午觉把三十五岁的自己重新带回幼儿园时期，自我介绍时只能贴上家乡和自己的名字，除此之外，没有任何可以说的。

但是，恐慌并没有持续太久。现在的她比任何人都要享受健康的简朴生活，并且比任何人都要充实地度过属于自己的每分每秒。虽然手头的钱不多，比起生产或消费要更加注重储蓄和节约，但心却比任何时候都要轻松和快乐。

有人问她，工作时存的钱是不是很可观。但事实上，她几乎没有什么储蓄，连一道防护保障都没有。真是相当轻便的人生。

"不过是相信我的未来罢了。最近因为不再不安，反而觉得不舒服呢。"

随遇而安的坚持

刚辞职那会儿，手头只有大概5000万韩元（约人民币28万元），而且还并非全是现金。绑定的储蓄基金有1000万韩元（约人民币5.6万元），每月有30万韩元（约人民币1680元）的保险金入账，总价值1000万韩元。剩下的就是现金3000多万韩元（约人民币16.8万元）。

没有房子，手头有一辆买了7年的旧式柯兰多汽车。这就是她全部的家当了。不过，其中接近一半的财产，即2000万韩元（约人民币11.2万

元）都壮烈地为她的旅游梦所"牺牲"。当她结束旅程归来之时，却发现已经不流行的基金连本也没能捞回来。好在存在银行的现金还赚了些回来。已经没有必要用计算器来计算了，她的全部家当一眼可见，充其量不过 3000 万韩元（约人民币 16.8 万元）罢了。说少则少，说多则多的金额。虽然自发选择过贫民生活的她对此难以相信，但还是坚持相信靠这些钱能够熬过这几年。

"3000 万韩元无论如何还是能挺过 3 年时间的。我大致算了一下，一年只花 1000 万韩元还是可以勉强度日的。我想，要是真的有需要的东西，可以在便利店打工赚钱。"不过在这之前，她先在统营市经营了一家旅社。

她将人生大致分为两等份，一等份在老家统营，剩下的一等份则用于生活在未知的某个地方。于是她决定在老家统营开一家旅社，慢慢地为接下来的生活做准备。

为什么非得是旅社呢？她也曾经问过自己。但她自己也不记得这梦想是在哪里生根发芽的了。不过，因为经常被人问起，于是她开始认真思索起这一问题来。那还是在自己工作时的事了。永远是奋斗在工作岗位第一线的自己，为了缓解工作压力曾经去到新西兰度假。在新西兰借住在朋友家，朋友同一名中国香港的男子结婚后就一直生活在新西兰。看着朋友身处异国被深深的孤独和无聊所困扰，于是她提议开一家提供住宿和早餐的旅馆。

"来玩的人能没有负担地住下并离开，朋友也能从思乡和孤独的情绪中摆脱，看上去这似乎只有得没有失。也不会让家里变得杂乱，还可以缓解压力。看着他人享用自己用心做出的美食，快乐溢于言表。"

4 天左右的时间都待在一个只能看见一望无际大海的小城市里，那感觉真的是很美好。只记得当时自己连连发出"羡慕、嫉妒、恨"的感叹词。丝毫不符合自己从小生活在海边的风格，不过，面对大海发出如此的感叹似乎那还是第一次。

她在统营生活时，并不是那么喜爱大海。因为大海近在咫尺，于是，20 多年的时间里从未真正感受到大海的魅力。统营是个小地方，没有值得炫耀的地方，上大学期间她都会回避家乡话题。虽然也不是故意隐瞒自己是统营人这个事实，不过若没有人问起，她想那么自己就没有必要提及。但是在陌生的新西兰海边，突然想念家乡的大海，记起那份美好。于是，下定决心将来一定要再回去一次。此时，覆在人生上的面纱一角似已掀起。

最近她在老挝待了几个月，彻底迷上了当地人简单的生活方式。反正时间充足，于是她开始每天特别留心地去观察老挝人的生活。他们看上去不像我们，会每天因为竞争的激烈而苦恼。她在老挝的时候为如何才能过上简单的生活，而自己又真正想做的是什么而苦恼。在那里，她静下心来认真去倾听来自心底的声音。并非为了快点达成什么目标而制定计划，而是将自己全部的能量都倾注在自己想做的事上，那过程虽然缓慢，但生活得足够简单。

"要举例说明的话，我计划在 10 年之内去西班牙和南美旅行。那么，在去之前，我得先学会西班牙语。10 年的时间里每天都学一点点的话，虽然不一定能达到流畅表达的水平，但至少在旅行中不会让我因为语言问题而不便吧？是不是结交西班牙朋友也足够了呢？"

花费 10 年只为一次旅行做准备，想必在韩国很难找到第二个人了。但是，她却丝毫不理会，依然按照自己的计划，自己的速度，慢悠悠地度过生命中的每一天。

回归田园

最近，她正一步一步地着手准备将父母在统营的房子改造成旅社。而打响的第一炮则是学习蓝莓种植。"我想在旅社门口的院子里种一片蓝莓林。在那旁边修一个小茶坊。"我打电话过去约她见面时，她说她正奔波在农场里。"我现在在学如何种植蓝莓，所以每周有几天得下到杨平去。除了这几天外，其他时间都有空的。"实际上，她还带了满满一瓶用她亲手种植的蓝莓做的酱送与我。我在面包和饼干上都蘸了点蓝莓酱，一吃发现味道真的很不错，不会太甜，连空气中都弥漫着浓郁的蓝莓香。

"哇！你竟然会亲手种植蓝莓，真是太了不起了！"

有人认真地问道："看来你很早就计划要过乡村生活，回归田园，以藤为伴了嘛。"事实上，她回答道，自己并没有绘制如此宏伟的蓝图，不过是从学习种植蓝莓开始罢了。不是首先定下干农活的目标，而是总想着要过上自给自足的生活，自然而然对蓝莓种植"起了贪心"。

　　重新回到统营的话，想在那里经营旅社，同时还在房前屋后的地里种植些瓜果蔬菜。

　　只有那样，才能节约过活，手里的钱才能用得更久。

　　"看来，首尔对我已经渐渐失去了吸引力。今天开车走在东部干线道路上，看着汉江江水，突然就冒出来这个想法。我现在还在这里啊。我为什么现在还在这里呢。"

　　但即便如此，她也没有想要尽快回到统营。如今的她，一个月的时间里，半个月待在首尔，剩下的半个月待在统营。为了3年之内将首尔的生活全部搬到统营，她慢慢地开始为统营旅社的开业做筹备。学习蓝莓种植，转遍气氛好的小咖啡馆，并且将符合自己取向的室内装修记录下来。咖啡馆，蓝莓农场，旅社。听到这些单词都会让人神清气爽，将这些美好全部移到自家院前的同时，还坚持说这不是田园生活难免有些牵强。但是仔细分析她的心理的话，显然这些并不是因为对田园生活抱有某种幻想而开始的。

她不过是以一介平民的身份回到家中罢了。父母亲也并非有一幢田园别墅，不过是普通的乡下楼房罢了。她说，除了父母亲的卧室和自己的房间，自己不过是想把剩下的一两间房分给来统营玩的朋友而已。并且，她还提到，想亲手做出美味的料理来招待他们。她虽然并不那么热衷于同人相处，但所幸的是不会阻挡来玩的朋友。只是想力所能及地好好招待他们罢了。虽然无法准备一桌供 10 个人共享的丰盛的佳肴，但为一两名客人奉上自己亲手做的美食是她日常生活中最大的乐趣。

所以，她要在自家院前种一片蓝莓林，在蓝莓林旁边划出一片地来建一间小咖啡厅，之后就是将自己亲手做的美味料理摆在咖啡厅的小桌上供大家享用。她也很想试试也许在别人眼里看上去像咖啡厅的"咖啡厅"。

不过，她却不想将这块空间称为"咖啡厅"。她觉得叫做"工作室"或"研究所"可能更为合适。因为房间并不是无偿提供的，所以也可以叫做"旅社"或"咖啡馆"，但是她还是想将这块区域称为"研究所"。不是研究农业种植的研究所，也不是研究咖啡做法的研究所，不过是有一个叫做李景苑的人研究如何才能充实生活的"生活研究所"罢了。

说实话，她对赚钱这事儿并不在乎。在她看来，只要收益与"研究所"

运营费持平即可。若是生意萧条，那也不是她乐于见到的。也没有想过要通过种植高附加价值的蓝莓提高地区收入。

"只要我的生活不会受到很大妨碍的同时，'研究所'还能顺利维持经营我就很满足了。"

而很多人却对此持怀疑态度，说她是不是过于天真，生活在幻想世界里，做着孩子才会做的梦。但是，当她在寻找同自己有相同爱好和关注的人们的过程中，竟意外地发现有很多人是和自己有着相似梦想的，这让她大吃一惊。她告诉我，现在她还会偷偷关注那些同自己有着同一个梦想的人们的生活。

"我去参观日本一家蓝莓工厂的时候，发现有人做着花园经营。我的榜样就是韩国宝城的海伦花园以及法国吉维尼小镇的莫奈花园。我想，要是花园也有主题的话，那么终有一天人们都会聚集到这个乡下的小角落里来。虽然可观赏的可能并不多，但是通过我的努力，是不是能建造出一个

让人们放宽心，慢悠悠地散步于此的治愈系公园呢。"

不知道一年都生活在统营的话，是否会让她觉得有些无聊、烦闷。她从未想过已经适应了大城市繁华生活的自己，在统营面朝大海的生活会过得如此怡然自得。

"周围有很多朋友都跟我说生活在统营的话，日子可能会很单调。能和朋友们一起喝上一杯么？能去电影院看电影吗？但是，在我看来，酒可以一个人喝，电影的话，若习惯不看新片，而看老片的话也就解决了。"

简单的回答。如今的世界是全球化的世界，现在只要打开聊天工具就能和国外的朋友们尽情畅谈，走在路上也能同在泰国的朋友聊天。那还有什么可担心的。

停下来去发现身边的美好

如果去她的旅社，你不仅能看到蓝莓林，还能尝到统营的代表美食。她为前来的客人准备的秘密武器就是统营的代表美食——放入很多鹿尾菜的海藻拌饭。将陆地上的食材全部投放到拌饭中，再加上各种鹿尾菜，满满的一碗统营传统海藻拌饭。每用筷子拌一下，你都能感到满满的来自大海的香味。

"统营人从小时候起就经常吃海藻拌饭，那程度绝不亚于大酱汤。

虽然对于首尔人来说，这道料理也许并不熟悉，但对于统营人则是再亲切不过了。我母亲做的海藻拌饭简直一绝！而最近我也得到了母亲的真传。虽然在统营哪里都能吃到，但是我母亲做的味道可不是在哪都能尝到的哦！那味道，美极了！"

比目鱼艾草汤、牡蛎汤饭、忠武紫菜包饭。只要提起统营美食，口水就会不自觉地流出来。她做的统营料理究竟是什么味道的呢，是充满了统营本土料理的味道，还是加入了异国风味呢，至今还很难下一个绝对的判断。统营人对待食物并没有多少开拓精神，若是做陌生的料理，十有八九都会以失败告终。海鲜盛产的统营有一个有趣的现象，经常会有烤肉店关门大吉。连土豆汤料理店也很难看到。当地饮食文化发展到一定境界时，比起开发新的料理，统营人更热衷于发展自己独特的料理。她也不例外，当有外国客人上门时，她会将传统的统营料理稍作改善，让外国客人更容易接受。虽然不是拒绝韩国客人，但她说希望自己的旅社能有更多的外国客人光临。她希望通过自己向他们传达统营的美味，介绍统营传统的文化。以前统营虽然是不受欢迎的内陆地区，但现在有了很大改观。她刚开始在首尔生活时，每次要回统营都得在首尔站前搭乘不定期运营的观光巴士，得坐上 6 ～ 7 个小时才能抵达。没有开通定期运营的巴士，也没有人会把统营看成观光风景区。统营就像一只藏宝箱，但却只有自己才知道。不过，最近统营作为韩国最美的风景区受到了人们的广泛关注。随着大田和统营之间开通了高速公路，去统营的时间得以大大缩短。因为去到统营不再是一件难事，因此吸引了很多观光游客的到来。而她也正是因为这个原因，所以想将统营之美传递到世界各地。

在这个小村庄里当统长（市属行政区划单位的最高行政负责人，相当

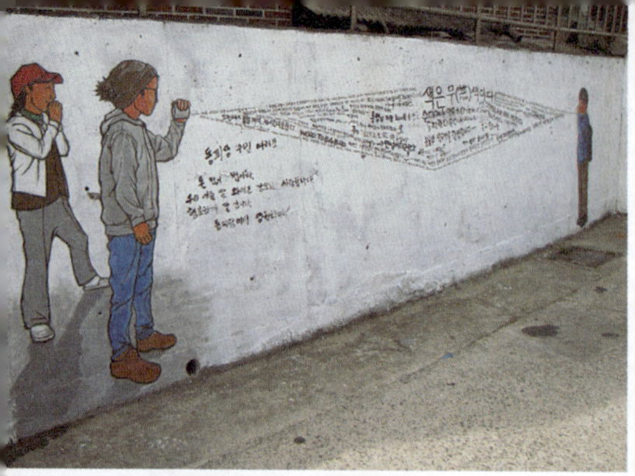
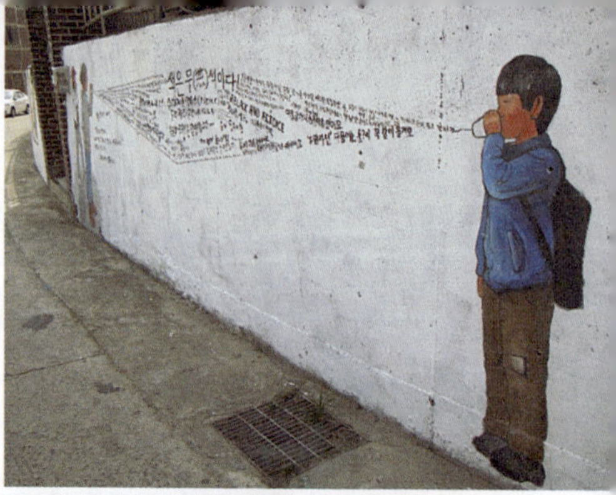
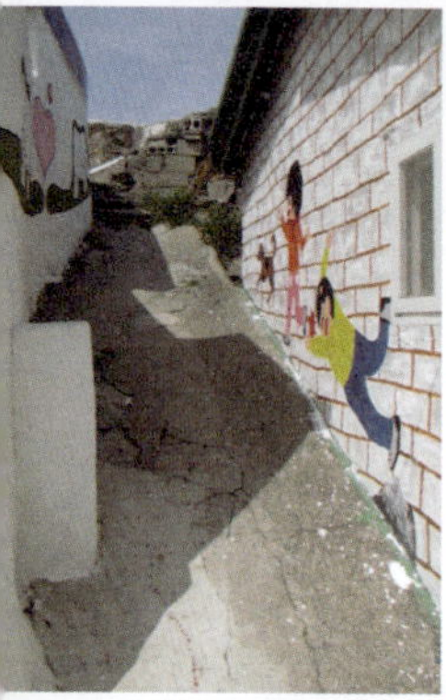
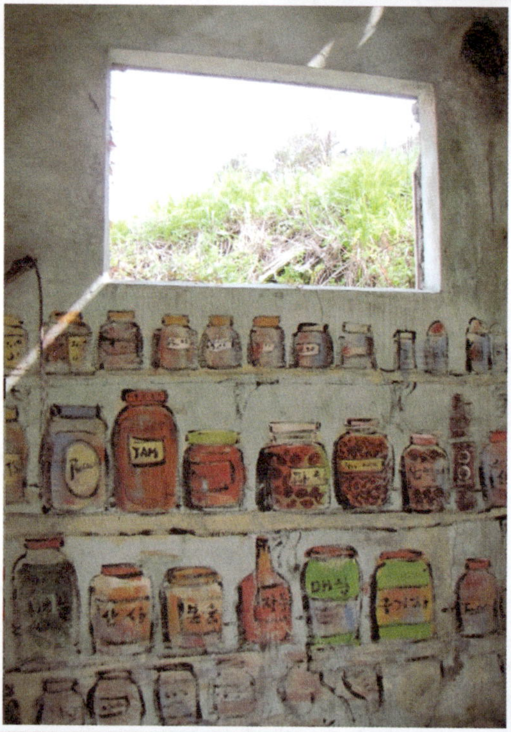
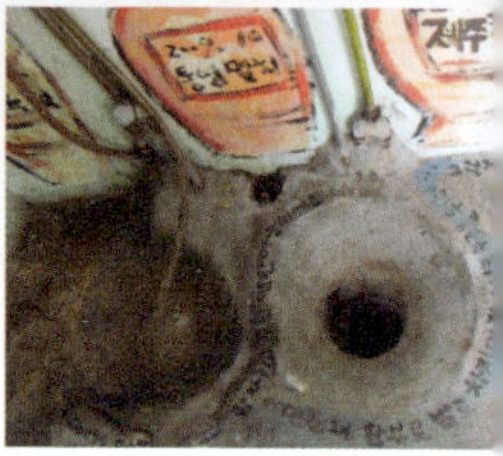
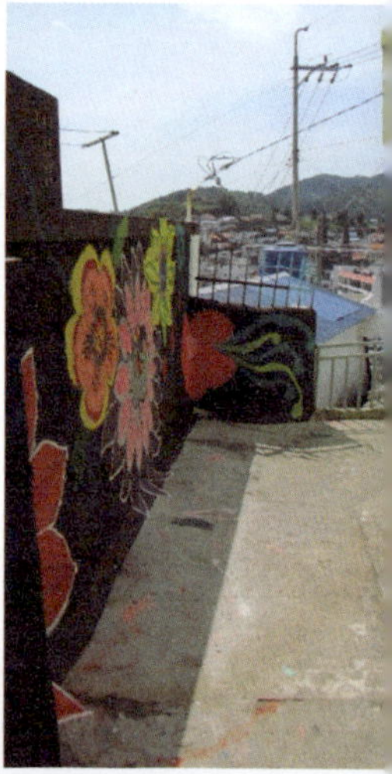
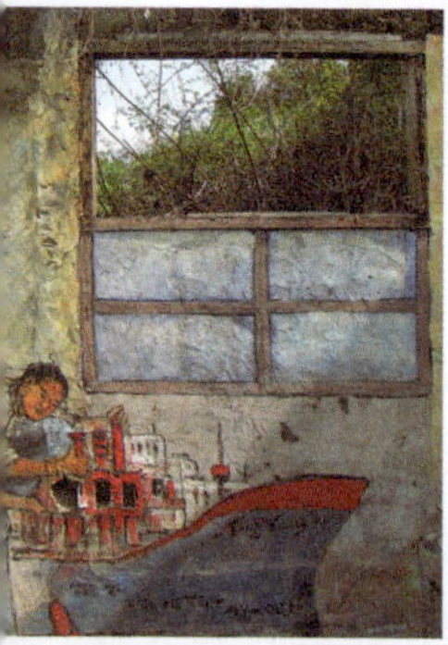
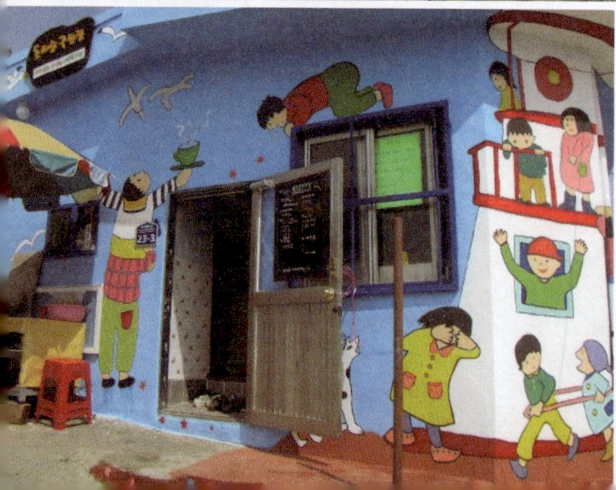
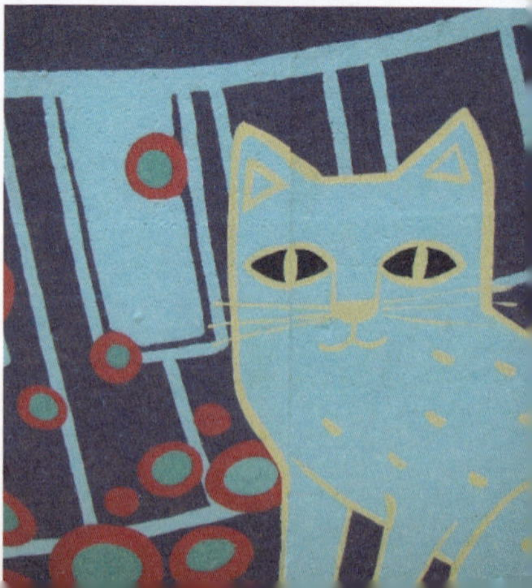

于县长一级）或里长（以里为行政区域的最高行政负责人，相当于村长）也是一个不赖的选择。在统营的义工组织里干活似乎也很有意义。若自己的一点绵薄之力能为统营的国际化观光名胜建设有所帮助，不管是什么她都乐于去尝试。这就是她在世界各地旅行时，萌发的一个想法。

济州岛偶来小道的创始人徐明淑董事长在一次徒步朝圣之旅中，决定回国以后要与人们一起分享她在路上得到的慰藉和幸福，于是在家乡济州岛修建了一条被全球徒步旅行者所喜爱的徒步路线，即偶来小道。她也希望像徐明淑董事长一样，将自己的家乡建设成所有人都能来度假休闲的地方。并不是勤奋地四处奔走，到此一游式的旅游地，而是可以让人们边玩边休闲，写下一篇《海边小镇的日记》再回去。她想将这般休养生息的地方安置在自己的村庄，自家门前的院子里。一步一步慢慢地，不过多奢求，朴实而简单。

她原本就非常喜爱市场，而最近能每天去逛一圈统营市场就让她十分满足。就像自己曾经一天之内都走在越南某一城市的街头巷口一般，不久前她回到家乡时，将小村弄堂巷口都一一走了个遍。统营的山丘很多，所以走起来会有些辛苦。但是，横跨桥梁，翻越山脊，就这般漫无边际地走着走着，竟感受到自己体内从未有过的情感喷涌而出。穿梭于市场感受到了新的生命力。只要一想到自己将在这片土地上定居，心间一股暖流就缓缓流过。

在舍弃中收获

虽然从公司辞职，少了职业带给自己的光环，但离职两年以来，她一次都没有觉得自己是个无所事事的无业游民。为了自己一直的未来，她一直都努力做着准备。虽然不是个急功近利的人，无法勤奋地一直向前奔跑。但她却为自己定下了计划，努力学习，努力开垦。行在路上，让她收获了很多新鲜的好点子。为了重新回到家乡生活，她学习了丰富而多样的技能，平心静气地为自己两三年后的人生做准备。

她坦白说，自己从前比任何人都要物质，想要的东西一定要到手才能安心。以前的她就属于只要有新款数码相机问世，她就会在第一时间购入。只要有新款智能手机上市，她也会在第一时间配置齐全。做形象设计的时间一长，她也自然而然地形成了收集玩具的习惯。每次旅行归来之时，包内总有一大包昂贵的玩具。即便是在物价昂贵的北欧或英国，她若看到玩偶或好看的小东西，也会毫不犹豫地拿下。她的观念是，即使只买一件东西，也要买好的。所以，虽然不是世界名牌，但她穿的衣服，用的提包都不是廉价的。一年会出国旅游 1～2 次。遇到好吃的东西，哪怕贵也不会亏待自己。有一段时间曾经疯狂迷恋职业棒球运动的她，除了正常的上班时间，一周有 3～4 次会跑去体育场观赛。只有在现场观看比赛，她才觉得过瘾。她没有时间来无聊，没有时间将自己陷入孤独中。一个人也能购物，也能健康、快乐地生活。

不过，现在的她已经逐渐适应了舍弃的生活。如果不是真正需要的东西，那么就不会购买。反而还会将自己房间里的用品分类后送给有需要的人。去旅行时不会扛着大大的包了，而是会精简再精简，收拾出自己最最需要用到的行李。细细一想，她才领悟到人类所需要的东西真心没有几件的这个事实。包包一个就足矣，衣服只要够换洗就足够了。

正因为 20 多岁时，已经将自己想做的都做了，所以现在来追寻舍弃的生活势必不简单。没有读过强调要舍弃的书籍，也没有受到宗教影响，不过是明白了"想简单生活就必须抛弃不需要的欲望"这个道理罢了。在抛弃迷恋，抛弃占有欲，放下金钱名誉的瞬间，她感受到灵魂比以前要自由许多。虽然不知道是否因为没有工作，所以只能达到当下这个生活水平，所以有自我催眠的嫌疑在其中。不过，她说现在的生活太自然了，所以重新回归之前那种生活反而会感到不适应。

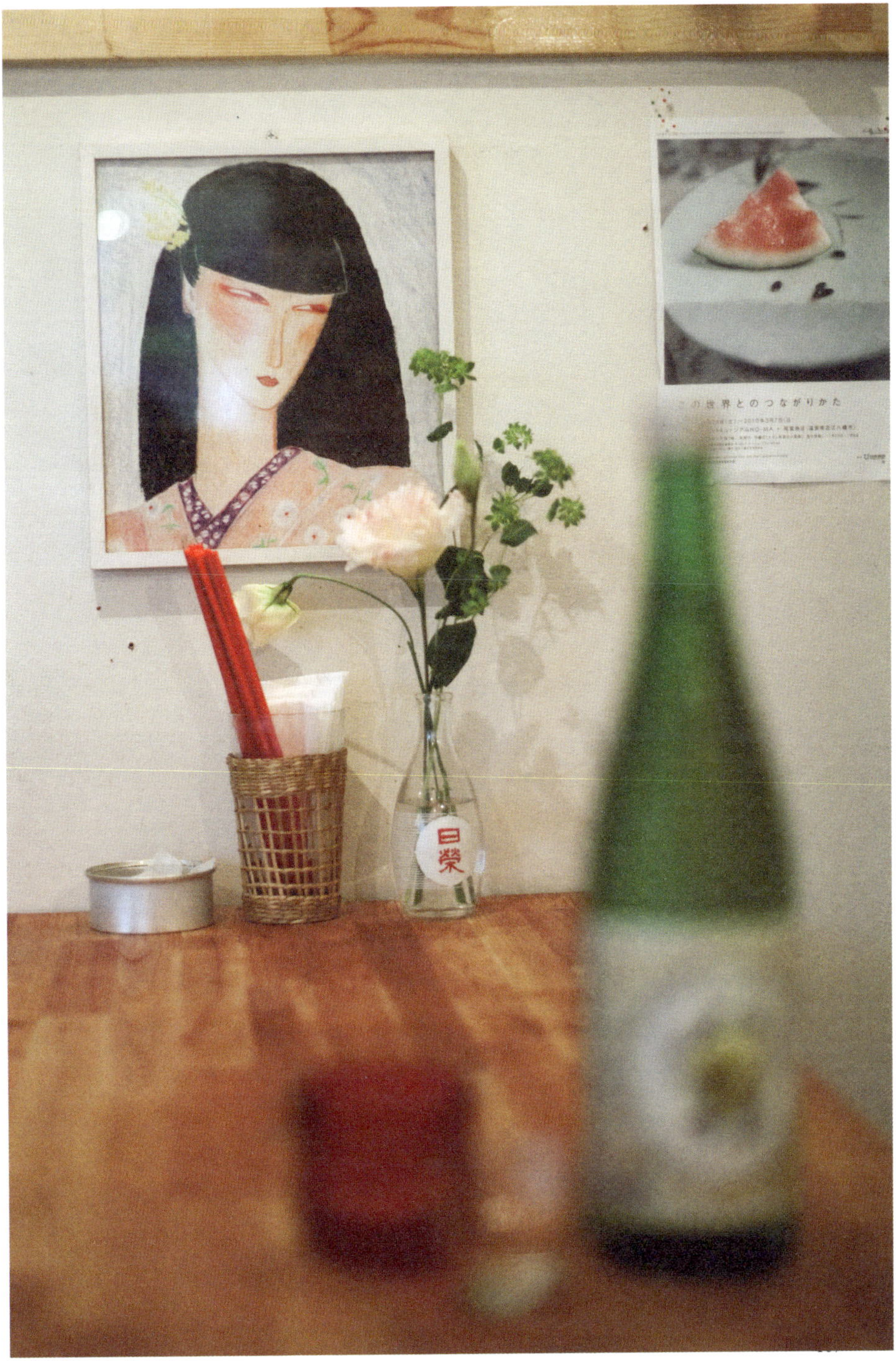
の世界とのつながりかた
日榮

"这也不坏啊，反正平常也不买什么东西，所以现在反而连想买的欲望都消失了呢。"

　　结婚，男人。这些都是同龄女子普遍苦恼的问题，而她似乎很久以前就已经死心了一般。她打定对结婚不抱任何希望地生活。在爱情到来之时，她却总是慢半拍。对男生的各种明示暗示无动于衷，是个在爱情中后知后觉型的姑娘。每每总是事后才知道"啊，原来你喜欢过我"。之前，在和她交谈的过程中，我以为她感情细腻，没想到一讲到男人的话题，她却变得冷起来。就像我们初次见面时，我从她身上感受到的一般。

　　一手是数学式硬邦邦的答卷，另一手是充满感性的答卷，她将两份答卷握在手中，过着同别人稍微不同的精彩生活。那个梦想，还好她没有更晚才感知到。我相信，不久在统营就能吃到她亲手做的美味料理——海藻拌饭。她虽然慢慢地迈开自己的步伐，但却不是会轻易遗失目标的人。一定要实现那个梦想，收获自己种的蓝莓，将自己亲手做的料理端上桌。我想那一定丰盛而又香味十足。

统营海藻拌饭

经常去国外后发现，对于韩餐的爱恋竟与日俱增。

我属于那种在外国会劝国外的朋友尝一口韩式拌饭的一类。

要是问我韩餐中什么最好吃，我会不假思索马上脱口而出：拌饭！

实际上尝过以后，大家都说好吃呢。首先，"色香味俱全"中"色"就完全符合要求，而味道不是也很特别嘛。

需要拌着来吃的方法看上去也很有意思。

在统营开小旅社时，我就想要把统营海藻拌饭作为主菜推荐。

海藻拌饭是在普通拌饭的基础上加入好几种鹿尾菜。

统营人从小就经常吃海藻拌饭，那程度绝不亚于大酱汤呢。

虽然对于首尔人来说，这道料理也许并不熟悉，但对于统营人则是再亲切不过了。

我母亲做的海藻拌饭简直一绝！而最近我也得到了母亲的真传。

虽然在统营哪里都能吃到，

但是我母亲做的海藻拌饭可不是在哪都能尝到的哦！那味道，美极了！！

只要有梦，
人生随时可以重来

《写作这回事：创作生涯回忆录》是恐怖小说之王——斯蒂芬·金的创作经验谈。在书中，斯蒂芬·金手把手教有志于写作的青年应该如何写出一个好故事。听上去，这本书里似乎暗藏了这位获终身成就奖的文学大师的写作秘诀，但实际上并非如此。用斯蒂芬·金自己的话来说，不过是说了一大堆不着边际的话，再加上写作的禁忌事项。但，出乎意料的是，读完此书后竟有种被梳理通彻的感觉。《肖申克的救赎》《战栗游戏》《站在我这边》等著名作品皆出自斯蒂芬·金的笔下，而在这位大师看来，写作的秘诀竟是异常的简单。

"将不必要的单词全部删去！"这虽然没有什么特别之处，但却是斯蒂芬·金说到读者耳朵起茧的一句话。删掉副词，去掉形容词，连接续词也一并省略。他告诫那些所谓的"职业作家"反复看看自己写的初稿是多么不堪入目，并果敢地公开了自己年轻时写的初稿。删减又删减的痕迹十分明显。

"去往地狱之门的路上铺满了众多副词。"使用大量副词的话，会影响文章整体节奏，读起来拖泥带水，而原本应该接续的故事丧失了穿透性。这对于读文字的读者来说无疑是一种"地狱式体验"。故事一散，毫无根据的副词就粉墨登场，你方唱罢我登场。穿上好看的外衣，好生装扮一番，甚至喷洒香水的文字，读起来让人脑仁疼。不是轻松愉快的休闲，而是摆明让人不好过。音乐不也正是如此，一不留心就变成"噪音"了。

按照斯蒂芬·金的方式来看，写诗、作词时应该果断地删除副词和形容词，仅留下必要的文章因素即可。他让我们崇尚简约的语法和语言风格。

不炫耀指尖的技巧，淡淡的、清澈的吉他独奏，慢慢腾空飘向那远方世界，敏捷灵巧地直达中心的声音，不轻易被折断的声音。坐在竹林丛中适合倾听的声音，与深山古寺的风景以及小溪河畔的声音有着异曲同工之妙，比起用耳朵来倾听，更像一阵清风一般直达内心深处并很自然地让人联想到"治愈"这个词。

在如今一味追求绚烂技巧的时代里，如诗一般不摆花架子，单纯而又淡雅地奏响的音乐实属罕见，像旧时代遗物一般让人直叹神奇。想快些见到发出这神奇声音的主人公，探掘出到底是何方神圣。迫不及待地问她，和人们淡淡地交流的方法，真挚地同他人进行心灵之间沟通的秘诀是否是从斯蒂芬·金大师的文学创作讲座中习得的。

做你喜欢的事，什么时候都不晚

电话那头的女子总是笑着。害羞的时候会笑，尴尬的时候会笑，听到不搞笑的故事却真心觉得有趣的时候会笑。在我们约定见面的场所、时间，她也笑了，在她看来，我们的相遇应该会很有趣。笑声透过电话筒传过来，清澈又爽朗。与标榜个性的艺术家们明显有所区别，不管是歌曲还是声音都充满了对他人的关怀，非常暖心。虽然这样说也许很失礼，不过她的声音还是让我陷入了错觉之中。仿佛不是在同歌手对话，而是向幼儿园老师咨询。

"老实说，亲切待人这点，我最有信心了。从小开始，亲切待人就是我做人的原则之一。"她如幼儿园老师一般温柔、体贴。虽然很难下绝对的定论，但这显然是出自职业习惯。10余年的时间里，她身上披着的并不是歌手的外衣，而是教师的光环。每天面对的是比幼儿园小朋友更难管教的特殊残疾儿童，长久以来，她身上更多的是对他人的关怀与照料。

不管从事哪种职业，不知不觉中你必定会受到它的影响，即使在私下场合，这种影响也会时不时地现身证明它是存在的。无论看上去多么年轻，你的年龄也无法完全被掩盖，再如何完美的假装，最终还是难以骗过真相。长期从事舞台导演工作的人，在酒桌上势必也要"导演"一番才能过瘾。设计师在参观别人家时，若发现颜色搭配不协调，或相框倾斜时，肯定无法忍受。而出版社编辑做得久了，肯定无法忍受菜单上的错别字。记者在遇见第一次见面的朋友时，内心深处的采访欲十有八九会发作，向对方发起连珠炮式的提问。到底是因为自己的个性才选择了那份职业，还是从事该职业的时间长了，而染上了所谓的职业病呢？真是难以分辨清楚。无论如何，大多数情况下，我们都有自己的职业病，并且会根据职业的需要来搭配自己的服饰、为人处世的态度及生活习惯。

也许正是作为教师生活的10余年，让她习惯了这一切，端正的说话方式，嘴角45度上扬所透露出的温暖与美好，有逻辑的说服力，以及乐

意去倾听他人的叙说。歌曲是能折射出生活的。负责她专辑制作的歌手吴智恩说的就是这个。

"姐姐，你和你的音乐真的是很协调。最开始怎么会想起从特殊学校教师转行做音乐呢？本以为会有格格不入的感觉。但听了之后发现，歌曲和姐姐本身出奇地协调。就像一个萝卜一个坑，萝卜的大小和坑的大小恰好相符。所以说啊，你一定要继续做属于自己的音乐，并且作为一名歌手活跃在乐坛上应该不会有难处。"

她也曾经试图将鱼和熊掌同时抓在手中。一边是稳定的职业，另一边是向梦想发起的挑战。如果那件事不是特别自私的话，即使迎接的生活不会简单，她还是想尝试一下双重生活。这就是作为独立音乐人已出道 6 年的 Siwa，一度没能彻底放弃特殊学校教师一职的根本原因。人生岔路的路口标牌上，指示着一边是"稳定"，另一边是"挑战"。Siwa 站在选择的十字路口，由于她小心、谨慎的性格，因此比别人花费了更多的时间。

彻底和教师一职说再见是在 2011 年春。是要继续两种生活，还是朝着一个人生目标奋力前进？就像通过扯花瓣来决定一般，她始终很犹豫无法作出一个决定来。就这样直到触礁，她才最终坚定了信心。

"还是专心做音乐吧。接受新的人生带来的变化吧。在巨浪之中勇敢以身一搏吧。"

因为不想勉强自己去做些什么。并且，她说，似乎现在才真正找到准确的时机。

确定你的梦想是什么

"我也没有想到我的生活会是现在这副模样。因为一毕业就进入特殊教育学校任职了，在 24 岁时，我就正式成为了一名特殊教育老师。因为专业学的是教育，所以一毕业就很自然地取得了教师资格证。而为了去公立学校任职参加了选拔考试，考试合格之后就马上开始从教了。"

人生的方向若过早决定，是祝福也是诅咒。在努力疑问、思索、追寻之前，她的人生已经被框框架架所限定。即便现在也能清楚地想起，自己在高中时期，每周周日晚上总是准时守在电视机前观看 MBC（韩国三大广播电视台之一）播放的纪录片《人类时代》（人文纪录片）。其中有一期讲述的是一位患有视觉障碍的男主人公，通过自己的努力克服视觉障碍，最终成为了一名特殊教育教师，并且一直在视觉障碍学校教书直至退休。在看这个故事时，她的眼泪就像坏掉的水龙头一样，哗哗地流个不停。那时她第一次知道原来还有叫做"特殊教育教师"的职业，于是抱定决心要成为一名特殊教育教师。在那之前，她的梦想五花八门，想过当钢琴家，像母亲一样成为一名护士，进入心理学科探究他人的内心世界。但是，从那天起，她的目标确定了。

"学习心理学的话，能起到什么作用呢？我想了想，这似乎不能直接起到什么作用呢。也许小小年纪的我就有建功扬名的欲望吧。想通过自己的力量帮助世界，对治愈他人也显得尤为关心，而心理治疗也是关注的重点对象。于是，这个想法也就应运而生。"

她的梦想虽然丰富多彩，但都有一个共通之处。她希望通过自己的努力帮助他人，治愈他人的痛苦。我悄悄问她，是不是受到宗教影响。她告诉我，虽然小时候跟着母亲去过几次教堂，但就仅此而已，可以说是过着与宗教绝缘的生活。一次也没有加入过唱诗班，也并没有过为了帮助别人挺身而出的经历。

把眼泪种在心上，会开出勇敢的花

在当时，与"特殊教育教师"相关的专业全国不过只有 7 个而已。自小就是模范生的她顺利地考上了韩国梨花女子大学的特殊教育专业。想进的大学，想选的专业，所有的一切都那么完美地实现了。由此，对人生的未来也充满期待。不过期待是暂时的。只身一人从浦项来到首尔，而新生活却没有想象中那么简单。

周围人看上去都是那么光鲜亮丽。聪明、漂亮、爽朗，再加上富有，这种人真的是别提有多少了。大学生活里，似乎总是能感受到一种类似"疏

远"的感觉。

虽然现在也记不清，自己那时那么辛苦的原因。印象中，自己无法很好地适应，陷入反复的彷徨之中，甚至曾经在学期还未结束时，就收拾行囊回到家中，大声痛哭。那时，妈妈慈祥地一下一下地拍着她的肩膀，在女儿启程的行囊里塞了一封信。虽然并不富有，但父母都是知书达礼、考虑周到的人，而自己从小就是在父母的关爱下长大。这点虽然对子女的成长很重要，但对于乖乖女的她来说，这也是她面对人生的挑战犹豫不决的最根本的原因。不管如何，放弃稳定的职业必定是父母所不愿见到的。她从小就很听父母的话，遇事更多考虑的是他人，在她想迎接某项挑战时，首先考虑的便是她的家人。

作为特殊学校教师度过的时光还不赖，在这段时间里，她学会了该如何面对挫折。

"那时，我很想做点什么好事。但是，最重要的我却不知道，不清楚为此需要牺牲些什么。不知道压抑自己自私的一面去生活有多么困难。所以说，并非所有在特殊学校工作的人都是天使，不过是别人赐予这种光环

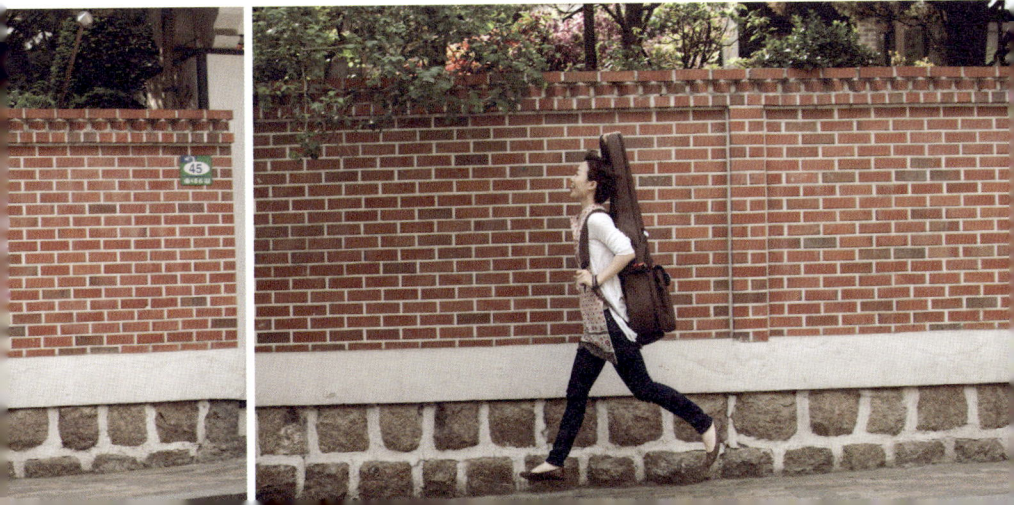

罢了。特殊学校的教师反而要比一般教师更加严格才行。比起天使般的心灵，更重要的是作为老师应有的气场。

"对于我来说，那个真的是太困难了。我是那种面对学生无法摆出老师气场的人。所以，这反而很容易将事情变得一团糟。特别是这学期，这种情况似乎经历了很多次。"

老师和学生在学期初就会开始气势上的较量。并不是一定要在这场较量中获胜，而是为了教学，让孩子老老实实跟着自己学习而不得已要在气势上压过对方。特殊教育学校里，固执的孩子非常之多。人们最以自我为中心思考的时期大概是在 5～7 岁期间。而特殊教育学校的孩子，其精神年龄大多为 5～7 岁。所以，要教授比普通孩子更加固执的孩子的话，首先要保证自己不在这场气势较量的对决中败下阵来，这样之后的教学工作才有可能顺利展开。

她吐露，自己的教育方式属于那种"速度慢且需要花费较长时间"的类型。这是由于她在教育过程中并非通过训斥的方式，始终坚守用语言来说服，再说服，直至对方打开心扉。虽然费时间，但她对自己的教育方式从未后悔过。但最近，她却总是对自己的教育方式产生怀疑，思索这种教育方式是否是合适的。苦恼很多，并非局限于站在人生的十字路口，是要选择歌手，还是教师一职。原则性的苦恼找上门来。作为一名教师，若开始对自己的方法论产生怀疑，那么一切将变得混乱不堪。若是一场游戏，轻松按下重启键即可，但这不是游戏，而是人生。按下重启键自然不简单。矛盾就这般愈演愈烈。

爱好是单调生活中的调味剂

音乐是单调的人生里意外遇见的礼物。上大学时，虽然也有参加合唱团，抱着吉他唱歌的经历，但是从未想过要正式当一名歌手。对她来说，作曲、写歌并不是一件需要有特殊才能才能做到的事。只有那些本不玩艺术，却意外地迎来了艺术家命运降临的人才可称之为艺术家。

将打开崭新人生的钥匙握在手中的时候是 2004 年。作为一名教师，总有机会参加教师研修活动。而正是在那次活动上，她迎来了人生新的机会。喜爱音乐，又身为20多岁年轻教师的她决心参加音乐治疗的培训课程。音乐似乎能成为一种与众不同的治愈方式，来起到吸引孩子们的作用，特别是与我们交流方法有很大差别的孩子们。而自己似乎能享受其中带来的乐趣。仅此而已。所谓的音乐，不过是开心时和朋友在卡拉 ok 里高歌的一曲罢了。在此之前，她从未参与过什么像样的音乐活动。自己不过在念大学时参加过校合唱团罢了，凭借这样的实力是否能进入全国教研组织的音乐小组里呢。虽然十分苦恼，但是因为害羞，不愿在人前露脸而最终放弃了全国教研组织的音乐小组活动。不过，音乐治疗比想象中要有趣很多。音乐轻松将自己与孩子们的距离拉近。

"与患有自闭症儿童互相看着对方的眼睛交流是一件非常难的事情。但是，若你唱歌给他听，而那首歌又恰好是他知道的歌曲，那么，他会跟着你一起唱。虽说不是直接的沟通交流，但我想，这却是一种缓和沟通的好方法。"

在课堂上同孩子们一同写歌后，自己竟也自然地开始写起歌来。作曲是一件你若认为它简单，它就简单，你若认为它高不可攀，它就在你面前竖起高墙的事儿。不需要盯着乐谱仔细推敲吉他的和弦，不过按照你所想的，即兴将写下的歌词唱出来即可。而这就是音乐。她的处女作，收录在EP专辑中的《吉祥寺里》就是这么完成的。本以为作曲是一件特别又伟大的工程，她将旋律配在歌词上的同时，几首歌的雏形也已完成，躲在人后活动的业余作曲家就此横空出世。

"同教授音乐治疗的老师混熟以后，经常同老师分享我人生的故事。突然，有一天，老师一本正经地劝我道，要不要正式接受一次音乐治疗。我心想这应该很有趣，所以欣然答应了。我们大概进行了20次对话。我躺在治疗室房内的床上，老师会放音乐给我听。之后，就是闭上眼睛，将听歌时所联想起来的画面自由描绘出来。老师则负责记录，我们开始对话。奇怪的是在我看来没有丝毫关联的场景，竟出奇地和我当时的烦恼一致，并能完全联系起来。似乎比起单纯用语言进行的咨询，音乐治疗更适合我，它能直触我的心底。"

回首过去的岁月，似乎念大学时认真参加校合唱团的经历成为她音乐治疗工作的坚实后盾。从师姐那里学会了弹吉他，习得了发声的方法。为什么要执着于"哆咪梭"，又为什么一定要加入"来发西"，因为知道发声的基本理论，所以，将自己即兴哼唱的歌曲转成乐谱，再用吉他弹奏出来要比别人轻松很多。就如曾经猛练《车尔尼钢琴初步教程》（作品599）一般，这次她也使出吃奶的力气努力绘制乐谱。吉他的水平到现在还只能弹奏自己的歌曲，但渐渐地，将自己做的曲子转为乐谱变得越来越得心应手。

别人一口气就能抄下的乐谱，直到现在她还需要花 3 个小时才能全部抄下来。但即便如此，她还是觉得绘制乐谱是那么神奇，让人兴奋。

梦想只有一个

她偶尔会为了转换一下心情而去弘益大学门口的酒吧里听歌。喜欢听别人唱歌，享受跟随音乐小声吟唱的气氛。她经常出入的酒吧，就是独立音乐人经常活跃的酒吧之一。恰好，那天酒吧里正举行歌手试唱。看着看着，不知从哪里涌来的勇气让她这位平凡的特殊学校小教师在那天竟产生了"想试一试"的念头。从未梦想过要成为一名歌手，也没有十分的决心要向着新生活出发，自然也没有歌手们拥有的艺名。酒吧老板问她的名字。那瞬间，她的脑海里浮现出她经常去的那个酒吧的名字。"Siwa，我叫 Siwa。"

在网络搜索引擎里输入"Siwa"这个词，同歌手 Siwa 的个人简介一起登场的还有位于埃及北部大城亚力山卓西侧约 500 公里，距利比亚边境仅 50 公里的沙漠绿洲——锡瓦（Siwa），以及日本岩手县盛冈都市圈南部的卫星城——紫波町。"沙漠中的绿洲城市，哇，不错诶。城市中心的幽静卫星城也不坏嘛。真是有感觉的名字呢。"虽然是头脑一热顺嘴说的名字，但她对"Siwa"这个名字却是十分的满意。从那时起，她的另一种特别的生活就此拉开帷幕。这便是发生在 2005 年 11 月的里程碑事件。

一开始，她几乎与歌手这个词沾不上边。在学校这个模范的社会里上下班，而某一天就这样蹿进了一个免费为她打开大门的新世界。当一只脚跨进去后，她不过是觉得那感觉不坏罢了。她对"歌手"这一新职业几乎没有什么感觉。有压力的话，反正我还有另外的生活，可以爽快地净身出户，所以很是快活。笑容越来越阳光，越来越灿烂。一个月两次，多的话一周一次，只要站在舞台上她就觉得很是神奇满足，原来人生还可以如此不同。下班时间固定的职业，夜班少的职业，还有放假。她所拥有的条件真的是非常如意。当她同酒吧其他独立音乐同僚相比，同他们为了歌唱所搭上的牺牲相比，自己就像在温室里唱歌一般。虽然快乐，但是有时候会觉得自己在音乐上的投资过少。这种感觉时不时找上门来。

两种生活渐行渐远，开始纠缠争执。虽然，世人常说咳嗽、感冒和爱是世间无法隐瞒的三座大山。但还有一个无法隐藏的事实，即我们经常栖息的世界的空气。做独立音乐的朋友们传来的强调个性十足的自我表现和自我奔放的想法虽然并未起到什么大作用，但从具体上来看，慢慢地，她的两面生活开始出现裂痕。一年的停职成为促使两个世界分裂的重要契机。当你陷入自己作曲自己演唱的生活中，就愈不想去承认现实世界的生活。想给自己一个放松的机会，也让自己在这一段时间内好好思索而申请停职。查找教师们可以享受的待遇手册，发现，除了生育假，单身女性是无法在学校空职这么长时间的。不过，除非你有医院开具的诊断书。

而她此时恰好有神经外科开具的写有"轻微抑郁症倾向"的诊断书。两个世界的背离滋生出类似感冒的症状。她决定要确保在早上自己的身心都能得到充足的休息。于是，递交了 1 年的停职申请。那期间，她收起自己的两面生活，一心一意朝着歌手的生活飞奔而去。只思考音乐、作曲及公演的生活。一年后重新回到现实生活时，这段时间却比想象中让自己陷入更严重的恐慌状态中。

"那期间，同玩音乐的朋友之间联系更加紧密。我自身也绝大程度陷入音乐的世界中。随之，意识也发生改变，以前是'鱼和熊掌，我皆要'，而现在是'只要鱼（音乐）'。"

适应学校生活不是一件易事。她在这一年间瞒着周围人偷偷办理离职手续，而不是复职手续。之后推出专辑，建立个人主页，每天都勤奋地更新。这大多是因为从学校辞职后的生活也能得到相应的保障。"我想，是不是努力活动，积累一定名声之后，将来某一天若想放弃，也为它铺平了道路。一年之内哪里也没有去，只是努力学习，现在一想，其根本原因也许在于自己的欲望过多。本应慢慢地一步一步向前走，但出于想发展得更好，所以，在处理所有事时都显得那么仓促。过了一年后才发现，这一年真的是发生了很多事。作为歌手找到了自己的位置，也发生了许许多多有趣的事情。但这却没让自己觉得辞职是百分百做对了的。虽然获得了名气，但因为经济原因，自己无法真正从中脱离。因此，又艰难地选择了复职。但是，这份为难的心境影响到教学，工作自然没有得到提高。和一年前的自己相比，歌手这个职业更适合自己，于是乎，愉快地结束了自己最后的教学生涯。

"离职再复职真的是错误的决定。生活重心明显倾向歌手工作，并且也没有那么热爱学校的生活。重新回归严格、规律的生活，所有的一切似乎比之前要困难十倍不止。所以，我想，现在是真正做出决定的时候了。"

向着歌声出发，别回头

干完这个学期，她决定果断地转变人生的方向。一生都是乖乖女，没让父母操过一次心的她，开始了人生最初的冒险。

她将两手贴近心脏，认真倾听来自心底的声音。心这样告诉她：

"从现在开始，不要在意别人的想法，认真为自己活一次吧。百分百享受属于你的音乐人生吧。"

在将教师这个职业彻底抛开后，她的心还是一如以前不安并开始深深地怀疑自己的选择，要重新朝着那条路奔跑么？周围的老师问道："唱歌真能养活你吗？"朋友们也问道："攒下来的钱多么？"攒下来的钱，大概是房子的保证金（租房期间需要将所租房屋价格一半以上的钱交给房东，缴纳的即保证金）。但是，她却有信心靠着这些钱活下去。"我最大的长处就是亲切待人，如果实在不行了，还可以去做服务员来维持基本生计。"

鼓起勇气做出决定后，她游刃有余地生活着，同时慢慢开始整理未来。早上起来后练瑜伽，写日记，将生活打点清晰后，开始每周一次的新歌录制。同在酒吧认识的吉他手一起，计划每几个月发一张专辑。朋友是彩虹乐队的吉他手，虽然比自己小 4 岁，但她却对音乐很有自信，敢于去当他人的音乐辅导员。

对此，她总是感到神奇并且也很感激，身边有这样一个对自己的音乐十分有把握的人存在，无疑会为她的音乐之路注入一分活力，一分自信。

与这位朋友相识也是一段珍贵的缘分。这个朋友从家里搬出来在酒吧里生活的期间，她偶然挥舞着《吉祥寺里》的乐谱走了进来。朋友本醉得厉害，但看见掉落在地上的乐谱时，随手一摸吉他就开始弹奏起来。"哇，这首歌真的很不错！"美丽的旋律似乎瞬间催醒了体内的酒精。后来，Siwa 在舞台上表演了这首歌。某一天，这位朋友找到 Siwa，问她能不能一同上台合作《吉祥寺里》这首歌。Siwa 欣然接受了她的提议。"当然可以了。"从这天之后，这位朋友就为她用吉他伴奏，成为 Siwa 音乐道路上坚强的后盾。

虽然起步稍晚，但 Siwa 决定还是要继续走下去。Siwa 每天在一片幽静中写词作曲。从她的歌曲中就能轻易感受到这份宁静，在她徜徉在美好风景里的同时，能催发她创作的欲望。之前经常去位于尚北洞的清心吉祥寺，而现在更多的是光顾汉江的望远台。白茫茫一片的雪天，雨哗啦啦落下的雨天，因为都各有千秋，所以，她最近更加多地游荡在汉江周边。而一周内她必须创作出一首作品，因此需要大量练习和录音作业。有时候真想问问自己："为什么你能成为真正的艺术青年呢？"直到现在她仍在质疑自己。我，真的成为一名音乐人了么？

几天前，她应首尔市钟路一著名画廊馆长的邀请，参加该画廊举办的派对。

시와
소요 逍遥

Siwa 的音乐专辑

"除了我以外，还有好几位搞艺术的人在。因为，我身处他们之中，所以，很自然地反问自己，我真的是玩艺术的人吗？我只是很平凡很平凡的一个普通人，为什么会和这些人待在这里呢？他们也不是光夸赞自己在艺术领域所取得的成就，虽然亲切有加，但他们似乎已然找到自己的那片天空。而我看上去是那么无色无味，平凡普通。回到家中，我开始思索'我真的是艺术家么'这一问题，而至今未找到答案。"

过去的自己完全过着和艺术风马牛不相及的生活，如此一来某一天突然闯入艺术的世界里，发现这里和她所处的世界有很大差异。而直接表露在外的就是完全的尴尬、晕晕乎乎和不知所措的模样。如她的分析一般，现在的她是无色又无味的。也许在未来她仍然会以这副面貌生活下去。

这就是她的音乐世界。无色无味同她自然的嗓音浑然一体，恰到好处，这也是能解释她音乐世界的唯一关键词。原来世间还有这么无色无味的艺术家，在某个地方默默地努力地经营着自己的音乐。

仔细一想后发现，第一次听到她的歌曲是通过一部纪录片，片中她抱着大大的吉他站在地铁站里放声歌唱。奔驰在铁轨上的列车所发出的噪音里，掺杂着她的大声歌唱。还记得，当时看到这场面时，无法理解这到底是要说明什么。现在我才明白，即使与城市的各种噪音混合在一起，即便夹杂着自然的怒吼，她无色无味的音乐也如竹一般，坚强地守护着自己的阵地，进而飘向四面八方。无色无味的力量正在于此。

玄米饭

最开始想是不是要选新鲜的嫩苗沙拉作为我的灵魂食物。

因为现在正开始全新的人生嘛，

事实上，我本身也很喜欢吃嫩苗沙拉。

但是，仔细一想，最能表现出我的食物可能不是嫩苗，而是玄米饭。

玄米饭口感没有白米饭那么细致，比较粗糙。

但是，经过一番仔细咀嚼，在最后能感受到一股香味从舌尖上蔓延开来。

我喜欢那种味道。我也想成为如玄米饭一般的人。

不是第一口香香甜甜的，而是愈放愈浓，需要咀嚼才能出味。

好像那种类型的音乐也是我的爱。

其实幸福
就在你身边

女人们只要一说到包包，眼睛就冒亮光，话就自然而然变得多起来。喜欢轻巧的单肩包的女性，大多心胸宽大豁达，崇尚自由奔放的生活。喜欢时尚感十足的双肩包的话，大多充满朝气，注重舒适和实用性。喜欢布包的女性，大多希望将身上的负担减到最少，个性素淡清雅。喜欢仅次于行李箱的超大包的女性，一般小心谨慎，对什么都放心不下，总是随身携带用来防备各种突发状况的小物品。而喜欢隐约印有名牌商标的手提包的女性，大多重视派头。

经营网络包店的她，就这般"两手空无一物"地出现在约定场所。星期五傍晚，首尔弘益大学前。她两手轻松地插在兜里，似乎在等熟人一般，就像刚从小区茶楼里饮完一杯热茶，看上去身心都是那么轻松。就像住在弘益大学附近的居民一样，站在弘益大学大门前，时不时地左顾右盼，发现我后，首先向我打了声招呼。看上去很是木讷的她，笑起来嘴巴像弯月一般。然后，边将放在口袋里的手伸了出来。第一次见面感觉就像是见到一个爱捉弄他人的淘气孩子。

"家就住附近吗？"

"不，在梨泰园。"

"但是，怎么没带包啊？"

"我本来就不是经常随身带包的人。总觉得手里提拎着什么很是别扭。所以，会像男人一般将东西塞在短袖或裤子口袋里。钱包和香烟，还有打火机。除此之外，还有什么需要带的吗？"

蓦然感受到，我背着的偌大的大包，真的是太过巨大，又非常累赘。包里总是装着一些也不看的书和文具。还有一天中我会掏出来用的钱包和iPad，以及偶尔想起时涂抹的唇膏（频率大致为几天一次），这就是我全部的"家当"了。不知从何时开始，我不再在公交车上念书，而是将自己放空，看着窗外，因此装在包里的书自然没有"示人"的机会。但总担心自己是不是会要去读它，所以包里总是装着那么一两本书。

将一半以上的生活用品随身携带的女子，和将全部的生活用品放在家中的女子，其生活的哲学差别势必如地球与冥王星之间的距离差一般，远上加远。我们首先决定，在周五的夜里，借助酒精的作用来一次深度谈。她要喝韩国烧酒，而我想喝啤酒。果然，取向十分不同。

"我只喝烧酒。其他酒都不大合胃口。"

在自由和制度前，选择前者

我们怎么会直到现在一次面也没见过呢？她在卖包包之前，是一名电

李秀珍的摄影作品

影杂志摄影记者，在电影剧照公司干了 9 年之久。

　　而我也长时间做过电影杂志编辑，可以说我们俩所涉及的领域几近重合。在近 10 年的时间里，我们就像在转圈一样，始终在错过，不过好在如此，坐下来共饮一杯，畅谈人生，犹如相识已久的知己，而那些时光似都不存在一般。她在电影杂志《Premiere》做摄影，负责众多电影的剧照拍摄。

若在网络搜索引擎里查找几张剧照的话，你会发现她拍摄了无数的照片。"啊，这张照片也是秀珍你照的啊，真是很有感觉呢。"原本，1万光年的距离横跨在我俩之间，但瞬间，那距离缩短到了1米。烧酒杯碰啤酒杯的感觉也似乎不坏。交谈的过程犹如找到久别的知己一般，那份快乐，哗啦啦地一下溢满大地。

掏出很久以前的记忆仔细回忆了一番。取材记者去到电影拍摄现场时，内心总是不会顺畅的。简单说来，大多数情况就是在那无聊地瞎转了一圈回来，没带回任何可用的"成果"。文字记者的全部家当无非是一支笔和一本取材手册罢了。可摄影记者却大大不同，他们的家当可是沉重的相机包。不仅脖子上挂有相机和镜头，还有用来装备用的相机和镜头的巨型相机包。摄影记者每次工作就像行军作战一般，需要背着这些"武器"在现场跑东跑西。为了拍到一张好照片，有人会爬上人家房顶，还有人勇猛地爬上相当于5层楼高的大树。摄影记者的苦恼永远没有尽头，总是需要去思索如何做才能从别人拍不到的角度抓拍一张优质照片。除了设备本身，各界的压力也让他们的相机包越变越重。

今天双手空空来去自由的她，当时必定也是背着超过自己一半体重的超重型相机包在现场跑来跑去。可是为何她如今把相机抛在小角落里，将拍摄事业拱手让人，选择如此空手来空手去呢？实在好奇这个中缘由。别人撞破头都想成为的摄影记者，她就这么说放就放手了。是因为经历了什么样的心境变化才导致她做出这种选择呢？她的答案出乎我的意料。

"我讨厌电影界的等级制度。虽然您也知道，在电影现场三五九等的秩序是很鲜明的。导演就是一国之王，而摄影导演则是王妃，照明导演和音响导演则属于贵族阶级。这就是所谓电影现场的等级制度。为了拍摄电影《自然城市》的剧照，第一次去了拍摄现场，切实感受到了作为普通摄影记者时所感受不到，也看不到的等级制度。拍摄现场剧照记者的等级是非常非常低下的。那时有一位前辈说的话我到现在也无法忘记。'你是无法做一辈子剧照拍摄记者的。要想被安排在好的方位来拍摄，你要会跟现场工作人员撒娇，跟他们装做一副很熟的样子，可是你根本无法做到，不是无法做到，而是你根本不会去做！'为了占领最好的地理位置，你需要努力跟摄影组、照明组变得熟起来。我真的很讨厌这种为了要完成什么工作而点头哈腰，费心去讨好别人。"

离开工作后重新爱上自己

就那样，她北上来到首尔，开始一个人在首尔打拼。摄影对于她，总是有趣而让人兴致高涨。她想拍摄出比自己拿的报酬更加有价值的照片，因此总是非常用心地投入到每一场的拍摄当中。比起拿着照片向他人炫耀，更想拍出让雇主满意的照片，出于这个简单的小愿望而努力在现场奔波。为一部电影拍摄剧照的话，可以拿到 800 万～1000 万韩元的报酬（约人民币 44800～56000 元）。一般在电影现场平均需要呆上 1 个月左右的时间。若想将时间排得充裕些，那么两个月挣 800 万～1000 万韩元也不错。找她拍摄剧照的邀约一直没有停过。但是，就在那期间，她突然失踪了。好朋友、家人都找不到她的踪影，犹如人间蒸发一般，消失得无影无踪。

"在那之前，我曾经在家里宅了 4～5 个月。那时，我大概 29 岁。

真的是讨厌做任何事。马上就要跨越三十岁的大关。回首过往，自己竟没能攒下一分储蓄。未曾实现过什么，也未曾拥有些什么。那阵子，我把钱借给一个熟人，没想到被对方骗了，真可谓是人财两空。先不谈钱的问题，我感觉那时自己对人这个物种都失去了信心。感觉自己好似活错了一般，也觉得电影剧照拍摄工作不适合自己。2005 年时，本应负责电影《我的结婚远征记》的剧照拍摄，决定去乌兹别克斯坦来着。结果在一个月前突然取消了拍摄任务，就宅在家里，大门不出一步。而宅在家里的那段时间，我思考了很多问题。是不是自己不干这一行也能活下去？那么，又应该做些什么才能有滋有味地活着呢？"

李秀珍的摄影作品

最终，她在苦恼了四五个月之后，再次回到了电影拍摄现场。平日里，听母亲催促自己赶紧放弃这一行就像家常便饭一般。但，她通常都是采取"直接忽略"的态度。母亲希望女儿放弃这一行的理由非常简单。在现场熬夜工作，全罗道、庆尚道、京畿道……经常需要辗转好几个城市完成拍摄工作，如此一来，何时可以找到婆家，哪里又会有那般体谅这份工作的男人。对女儿的饭碗并不欣赏的父母，以及反复的对立，让她的心也逐渐动摇起来。再加上此时正是对电影现场的等级制度厌恶的时期，因此对摄影的热情很快降下温来。第二次的失踪就如此拉开序幕。马上临近寒冷的冬天，突然一下子觉得飘浮在首尔上空的冷空气是那么令人腻味。于是随便买了张飞机票，无计划地飞去南边的小岛度假。她着陆的地方正是位于菲律宾长滩岛附近的一处岛屿，Pavia 小岛。

小岛很小，占地面积不过为韩国庆州的一半而已。在那里懒散而悠闲地四处游逛，生活好不惬意。在岛上遇见的菲律宾朋友为她打开了通往新世界的大门。菲律宾富裕阶层的娱乐生活是韩国平民阶级所无法想象的，犹如一部好莱坞浪漫电影一般。劳累后去美国度假休闲，周末到香港购物。他们兴致盎然地盯着"我"这个白皮肤的东亚女子。那时，韩流席卷了整个菲律宾大地，因此对于韩国女子，他们自是很好奇。

在 party 上遇到的菲律宾男子一下子勾住了她的心。他是 Pavia 市市长的儿子，而本人也担任 Pavia 市副市长一职，绝对是菲律宾上流社会中的一分子。在遇见他的一瞬间，火热的欲望将她吞噬，即使不能把他变作自己的男朋友，那至少也得是男性"闺蜜"。不过，她所拥有的除了白皮肤再无其二。她决定尽可能维持皮肤白皙的同时，还得成功瘦身。于是，

只身在陌生国度的减肥大战就这么打响。节食的减肥方法并不适合她的体质，因此只能通过运动来达到减肥目标。

她并没有对饮食进行任何调整，但是汤汤水水却是完全戒掉了。直到现在她还遵守着这个原则，这已成为她生活习惯的一部分。

她每天下午花 3 个小时在 Pavia 岛上溜达一圈，回到住所后，再做一个小时的瑜伽，而傍晚则会出去喝上一杯。在心情好时喝酒有助于减肥。那期间她成功减掉了 15 公斤。而像假小子似的男士寸头也慢慢留长。但是，她和那位菲律宾政界人士并没能如愿开花结果。他虽然对这个异国他乡的女子好奇，但并不把她当作女人一般爱恋。爱情的种子就这样被一盆冷水浇灭。但是，她却因为他的出现，得以重新审视自己的人生，开始新的尝试。瘦身成功，一头女人味的长发，收获全新的自己。

嗯，怎么说呢，有时候，看上去明摆着的陈词滥调竟会起到一定成效。姑娘失恋后剪掉一头长发，顶着满头压力时嚼一大块巧克力，就像这些明摆着的方法。开始一段恋情时，为了给对方留下美好的印象而作出的努力，说不定有时候会成为改变一生的重要契机。

人们在内心深处总是希望看到崭新的希望。我真的能做好么？为达到既定目的而自觉努力后，当你收获结果时，那份开心超越了你的想象。她并不是单纯地想成功减肥，而是想让自己重新爱上这样的自己。当这种来自心底的要求溢出时，所有的一切都会自然而然地达成。希望最终改变了她的体型，改变了她的人生。

别为了生计而将就自己

情感上反复遭遇挫折和重新感受到希望的时期，一天，接到了一通来自首尔的电话。对方邀请她为其电影拍摄剧照。钱也快见底了，而且无论是作品还是制作公司，感觉都还不错。签约合同已经发到了邮箱里，双方开始进行有关合同细节部分的讨论。因为怕回到拍摄现场后再度因为不适应而放弃，正在犹豫不决时，就像双胞胎姐妹一般相处的姐姐突然给她来了一个很棒的提议：

"如果是因为钱的问题要回去的话，我会资助你的，所以不要为了生计问题就随便解决自己的工作大事，如果想继续待在菲律宾的话，就继续待在那里吧。每个月我会给你打 100 万韩元（约人民币 5600 元），这样应该够了吧。"

比自己仅大一岁的姐姐，是个很有自己主意的人。虽然做家教赚了不少，但毕竟已经结婚，背后有一个家庭需要她去照料。在妹妹身上投下如此巨资，绝对不是一个简单的选择。姐姐每个月爽快地给妹妹汇去一大笔生活费，目的就在于想让妹妹活得更加轻松些。

身材并不苗条的姐姐，嫁给了比自己小七岁，长得像成诗京（韩国著名男歌手）的男人。姐姐的出现，就像天使般给她的生活来了 180 度的大转弯。装作赢不过姐姐，接受了她的资助。并在往后的日子里，开始为自己的未来规划，要开一间儿童摄影棚，或为网店拍点宣传照片过着安逸的生活，还是找一个与众不同的职业呢？

她想起了曾经和姐姐在地铁江南站摆小摊儿，卖手工制作的零钱包的情景。小摊上卖的都是她们手工做的钱包，价格也真心不便宜，但是却很快就销售一空。距今已经过去十年了，当时通过卖手工零钱包赚了500多万韩元（约人民币2.8万元）。作为兼职赚的收入拿到今天来说，也绝不是一个小数目。

姐姐的手艺总是那么与众不同。上初中时要交缝纫作业的话，总是会被老师误以为是妈妈代做的而被扣分。一厘米的误差都没有，堪比名牌制作的手艺。她虽然剪剪缝缝的手艺稍有不足，但却能很准确地把握时尚走向，经常亲手画下草图，然后拜托姐姐把它做成实物。她负责提供点子，而姐姐负责把点子加工做成实物。

小时候，姐妹俩很喜欢看时尚杂志《ELLE》和《VOGUE》，从中找灵感，经常会画点什么再把它做出来。两人做出来的成品非常精致、漂亮，放在哪里都不用担心卖不出去。妹妹延续了爱看时尚杂志的兴趣，成了一名电影杂志摄影记者。姐姐则选择走上了一条新路——做家教，但手艺仍在。

不知不觉间，她开始从过去的记忆中找寻人生新的机会。"我只需稍作说明，姐姐就能做出比我描述的更精致的作品。用一句话说，就是天生合拍。"而开创新事业必须有姐姐的加盟，于是，她向姐姐发出一同创业的信号。但姐姐委婉地拒绝了她的提议，说："现在赚的钱刚好，不多不少正够用，不想为了赚更多的钱而花费更多的时间。"姐姐讨厌那样生活。

姐姐将她全部的精力都倾注在帮助他人身上。一周只需上 4 次家教，剩下的时间则全部用来做志愿服务。她教的小朋友有 50 名左右。其中，一半以上都是不交学费来听课的。她便是以这种方式做善事。家境好的小朋友交学费听课，她便用赚来的钱为冬天露宿街头的流浪者买睡袋，以这种方式回报社会。如此努力帮助他人的姐姐，和自己对赚钱的概念有出入，因此也不好勉强姐姐。

"不管是什么，都一个人尝试做做看吧。"她就这样开始自己手工制作包包，并将做好的成品卖出去。并不是什么华丽的皮包，也不是仿名牌皮包的 A 货。她做的是绘有可爱花纹的布包。物美价廉，重量也很轻。这是基本不背包的她可以劝说友人买的最大的包了。

刚开始经营网店时，走了很多弯路。虽说是同在意大利学习图样的朋友一起经营，但由于两人取向不大一致，所以网站并非"一家一主"做决定，给人的感觉总是掺杂着一丝不协调。无论是什么事，她都努力独自尝试一番。为了统一网站的风格，目前正在磨合阶段。同时，她还开了一家儿童摄影棚。目前苦恼她的莫过于如何将网店和摄影棚的工作巧妙地联系在一起了。为了最大程度提高收益，她虽然没有四处奔波直至脚底起泡，但网页设计、缝纫、制作样品以及相片拍摄等等，她都在努力学习。

"我认为工作就像烧柴，首先只有将柴火稍微拨开一些，火才不会灭，才能烧得更旺。"

By SOONii

试着改变人生目标

当你点进她的网店看时，第一反应肯定是以为自己点错了，一点也没有传统网上卖包小铺的感觉。你可以将它看成是一种网络跳蚤市场，因为她还卖二手货。谁谁谁看过的书和DVD，谁谁谁买回来连包装都没有打开一直放在抽屉小角落里的化妆品，皮质手镯、宝利来相机等等，这些东西你都可以在网店上尽情浏览。贡献出这些东西的大多是她的朋友。她们都是免费提供这些物品。她将这些商品一一照下来，上传到网店，而这部分的收益则全部用来购买《大志杂志》。《大志杂志》本身就是透过无家可归的人来贩售，一些非营利组织帮助这些小贩解决他们的生计问题。购买《大志杂志》是她所追求的捐赠文化的重要一部分。

电影《曾经》的第一个场面，女主人公手拿着《大志杂志》出神地望着男主人公歌唱的模样成为经典。露宿者能认出露宿者，遭遇失恋的人可以认出同是失恋的朋友，人生稍遇不顺的人很容易就能认出哪些人同自己一样，正经历生活的不顺。这就是所谓的灵魂相通。她认出了他。就像露宿者安慰露宿者一般，受到伤害的女主人公努力安慰同样受到伤害的男主人公那颗受伤的心。这与《大志杂志》所追求的精神是相通的。英国的露宿者们比起从别人那获得无偿帮助，大多数通过销售《大志杂志》来获得合法的收入，重新拾得生活的主控权。

所以，《大志杂志》对于他们来说代表着新的希望。不久前，韩国版《大志杂志》正式创刊。在首尔站、新道林站、新村站等人流量大的地方，

不管在哪里都能轻松购买到《大志杂志》。她看着《大志杂志》想出了一个有趣的点子。比起无偿在露宿者的帽子里投放钱币，不如购买杂志，向丧失生活意志的人们支付一线希望。

她对《大志杂志》的精神深有同感。每年冬天，为露宿者准备睡袋既是受到姐姐的爱心影响，也有一部分原因是因为前男友。前男友由于事业失败，不得已过着露宿街头的生活。于是，她决定通过经营网络跳蚤小店，将收益全部用来购买《大志杂志》，以这种方式来回报、感谢那些无偿捐献出自己物品的朋友。虽然这不是事先计划好的，但这种温暖的捐赠精神很大一部分是受到了姐姐的爱心影响。

将人生的目标从"照片"转向"人"是一件让人无比快乐的事。她的网店虽然上新不勤，也没有花费大量广告费用来最大程度提升小店的收益。但是，她在通过自己的力量构建的"小家"里，与人们幸福地相遇。遇见真心喜欢自己手工制作包包的人们，遇见对跳蚤市场深有同感的人们。并且同这些人一起说笑，幸福地穷聊，享受午后的安逸。

她所期待的生活就是如此。"成功有什么特别的？这样刚好，淡淡地生活着。现世安稳，岁月静好。"我能感受到从分享中找到幸福价值的假小子，她的"两手空空"是多么的自由和轻松。两手空空的生活也许比她的本意更加快乐和幸福。

浓大酱拌饭和烧酒

我是真心喜欢烧酒。

根据心情的变化以及环境的改变，烧酒的味道似乎也大有不同。

一杯烧酒下肚，就像吃了维生素一般重拾能量。

心情也会变得很好，比平时笑得更多。

料理的话，那肯定是妈妈亲手做的浓大酱拌饭最好吃了。

和妈妈不在同一地生活，自然更加想念妈妈做的料理。

即便没有小菜，也能吃得非常香。

不是过节时的丰盛大餐，而是最基本的料理，例如，小菜或大酱汤之类的。

平常的话，是不能经常吃到的。即使回家也是逢年过节的时候了。

所以，平常每次回家时，从早上、中午到晚上，

似乎一周内吃的都是浓大酱拌饭。

虽然其他的菜在首尔也都能吃到，大多都能找到相应的替代。

但是，妈妈做的浓大酱拌饭却不是在哪里都能吃到的。

咸咸的，香香的，美味极了。

一种平淡的美好。

你说，这味道是不是和我很相似呢？

以舒适的方式
过一生

村上春树在散文集《碎片，令人怀念的 1980 年代》中对于"名字"有一个很有趣的分析。大致说的是，拥有平凡名字的人往往希望拥有不平凡的某件东西。美国有着各式各样的联谊会，而令日本作家村上春树吃惊的是那些名字很普通的人所创建的有趣的联谊会。举例说明的话，吉姆·史密斯联谊会。如果是在日本的话，会叫做渡边或一郎联谊会。在韩国的话，应该会叫做银珠或美静联谊会。

根据村上春树的描述，美国的吉姆·史密斯们一年会聚在一起联谊，顺带享受棒球带来的乐趣。不过，接手、投手、击球手，无论是你还是我都是史密斯。所以，他们无法用叫名字的方法区分彼此。你若喊一声史密斯的话，可能聚集在棒球场的所有人都会愣愣地望向你，问你为什么叫他。所以，为了避免这种情况发生，需要一个特别的方法将大家区分开来。而他们想出的方法则是在名字前面加上家乡信息。亚利桑那州的史密斯若接到球的话，那么得克萨斯州的史密斯则负责击球。这样大家才得以分辨对方。"喂，史密斯，我会扔球的，所以你只管接球就好了！"亚利桑那州将玩笑"扔"出去后，包括得克萨斯州的史密斯在内，所有的史密斯都会跟着笑起来。真是有趣的联谊会。

村上春树还分析道，事实上，拥有如此重名度高的名字的人更希望自

己能同他人区分开来。虽然顶着一个平凡，且一抓一大把的名字，但是在他们内心深处，却不甘心就此沦为一个普通人。所以，偶尔他们做出让别人无法想象的意外举动的时候会很多。

　　梦想用特别的方式制造特别事件的人们，办出的事虽然不一定是宏伟而华丽的，也许很细微，但是在他们心底，有一点特别，与别人不同的举止行为，以及想过上特别生活的欲望是强烈的。

　　想变得特别，只要稍微移动旋转轴，世界就会来个180度的大转弯。Mino也不过是稍微移动了一下旋转轴，生活就发生了180度的转变。而移动轴轮的根本动力来自想过上稍微不一样生活的欲望。她的名字常见且平凡，顶着这个名字生活了 30 多年的她，想过上特别生活的欲望总是强烈的。

Mino 的本名是"金美静"。这个名字在现在 35 岁左右的女子之间非常普遍。这个名字的重名度很高，上学时同班中有一两个叫这个名字的现象并不罕见。所以，从小学到高中，在 12 年的学生生涯里，她遇见了 10 余名美静，并与她们成为了朋友。不过，她们现在已经不记得对方存在的可能性很大。虽然不是朋友，若那个人名字很特别，那他会很容易被人记住。但，若是平凡的名字再加上平凡的长相，那情况则就大大不同了。即使她们总是一起吃饭，一起聊天，也习惯被人忘却。

我也同属于这一类，是个没有什么特别之处的平凡人罢了。不过，我却总希望同我擦肩而过的人记住我，我希望在他们眼里看来我是特别的，不过这也许是我愚蠢的奢望吧。我们总是擦肩而过又擦肩而过，就像一粒尘埃，只能留下点滴余韵罢了。

◗

边走边爱

Mino 看上去是个自我内心特别强大的人。她希望自己能与世俗人有所区别，过上同他们不同的生活。她消瘦的体型，虽然看上去很亲切，但不会轻易放松警惕，一脸淡淡的微笑，虽然话很多，但心眼里的内心独白却不会向你透露，是个很坚强的人。就像她严重偏食一般，对于世间诸事她也有自己的选择。5 个月的时间，她都在东南亚一带旅行。旅行途中发给我一条信息"我遇见了黄"，非常简单的信息，但却蕴涵了浪漫的元素。本是独自踏上的旅途，却突然一下子变成了新婚蜜月旅行，我十分好奇她旅途发生了什么故事。于是，当她一结束旅行回到韩国，我就约她见了一面。而她却告诉了我一个叫我惊讶的消息，她正在为结婚做准备。

"我回到韩国只有短短 3 周的时间，但是，母亲已经准备好礼单了。家里完全乱成一锅粥。我只想和喜欢的人一起生活罢了。但是，当家里一乱起来，我就顶不住了。一周的时间里，我的脑子都在嗡嗡作响。我还没有完全做好心理准备，可现实就已经变成这样了。"

所以，又有一名单身女子要脱离我们的世界了。细细回想，她在旅途上总是遇见潇洒的男人。她的两本书中都谈到旅途上的浪漫回忆。环球旅途的路上，有过被一名男子求婚，之后就跟着他赖在土耳其的一个小山村的经历。在游历非洲大陆时，听到太多太多"beautiful～"的赞美而幸福到心里冒泡。以及这次的"黄"，还有"结婚"。比起安定下来，她长时间追求的是流浪生活，我很好奇促使她决定结婚的理由。

"在非洲旅行的时候，我就想过结婚的事儿了。手里虽然什么也没有，但看见爱人就觉得放松并且幸福。那时，我才知道，用最舒服、最简单的方法去思考，去生活才会幸福。我也想不挑不拣，老了也能乐呵呵地变成奶奶，然后和一个人长相厮守，白头到老。我并没有给东南亚之行定一个时间期限，而在第一个场所，我就遇见了黄。他向我求婚时说：'我会对你负责。'他看上去是我可以托付终身的人。"

原本黄的行程是即将要从泰国重新回到韩国，而她却还不知道自己的旅行如何结束。黄坐上了飞往韩国的飞机，然后又马上背了一个比之前更大的足以应付长期旅行的行囊，坐上了去泰国的飞机。5 个月的时间，两个人在东南亚旅行。饿了就吃饭，累了就睡觉，就这样走走停停，慢慢地游完了整个东南亚。就这样，她排尽心中所有的质疑，找到了漫无止境的宁静和平和。真的是转了很久很久，踏遍万方土地才找到了心灵的平静。

敢于挣脱束缚

20 岁时，她比现在过着更精彩的生活，全身充满能量。是个喜欢读书，喜欢思考的安静的女生，但一旦迷上什么就会瞬间脱去思索的假面，犹如飞蛾扑火般向前奔去。那阵子，抓住她视线的是大学新闻社的活动。进入新闻社团后，她所有的能量都倾注在了新闻制作上。那时，能量如泉涌一般，虽然需要熬夜干活，但是却不知道辛苦二字怎么写。在她眼里现在自己已经长大了，想独立生活闯荡一番，即便学校与家在同一城市，还是从家里搬了出来，在学校门口租了间小房子，开始独立生活。她认为自己已经是大人了，所以得更加"大人般"地生活才行。

就这样，4 年的大学生活一晃而过。临近毕业的某一天，她突然下定决心要去首尔。虽然自己没有像样的经历，学分也不尽如人意，但是首尔对她来说是一份期待。要是去首尔的话，可能就能过上稍微不同的生活。毕业后的一年间，她在大田市辗转了几份工作，让她身心俱疲。最开始是在补习班工作，每天待在企划室里准备课程内容，不仅是身体上的疲劳，更多的是心累。早出晚归，准点上下班的平凡生活，让她感到烦闷。

"回头看了一眼自己的样子。清晨出门上班之后，整个上午都在等待饭点的到来。吃完中饭后，整个下午又在等下班钟声敲响。"

在那里，她干了3个月。最终还是觉得准点上下班的生活实在不适合自己，于是跳槽去了大田市的一家广告公司。通过了3轮面试才艰难地进入了那家公司，结果她在那里又一次体验了什么是挫败感。

"如果没记错的话，第一个我要写的广告文案是有关鹿茸的。在将创意转换成金钱的世界里干活，对我来说还是不大可能。"

一切为了自由

她就像《安娜·卡列尼娜》的主人公，忽然离开家坐上了开往别处的巴士，敲开陌生的大门。没有任何预告就"咚咚咚"地敲响了就读于梨花女子大学朋友的房门。朋友看着手拎着一个大大的旅行包的，一脸不好意思的她，吓了一大跳，瞪大眼睛望着她说："哦，哦，哦！你怎么会在这里啊？"她向朋友说明实情，自己被出版社录取了，但是现在还没有找到落脚的地方。于是，就这样开始了和朋友同住一个屋檐下的生活。这之后很久的一段时间里，她都一直待在首尔。她将对朋友的抱歉，自己的不好意思全部推到脑后，在首尔打开了旅行包。

首尔的生活并不简单。她在抵达首尔的第二天就去了出版社上班，没想到那里的工作竟让她大跌眼镜，好像工人们不停地踩着缝纫机的感觉。她觉得要是待在这里的话，肯定会堵死所有的出路。于是，第二天就辞职了。坐在朋友家里，开始广撒网式的投简历。只要是看上去稍微自由一些，又符合自己兴趣爱好的地方，她都递了简历。有一天，朋友突然递来了一张粘贴在学校就业信息厅的招聘函。那是一档综艺节目招聘编导的公告。朋友推荐她去试一试，于是给了她那边的电话号码。"也许朋友担心我久住她家不走了吧。"不管是不是真心，她还是托那位朋友的福得以敲开了电视台的大门。

去面试时，熙熙攘攘聚在大厅里的大多是梨花女子大学的学生。坐在她们之间的这个从大田来的庆北大学国语系毕业生，反而显得异常显眼。

不知道是不是与面试官心有灵犀，最终她击败了许多梨花女子大学的学

生，顺利通过了面试。后来，她问当时选择自己的那位前辈："为什么您当时就选了我呢？"前辈说道："你比其他孩子看上去要显得成熟许多。"

▶
幸福并不是表面现象

虽然很多人难以理解，一位女子只身一人，没有任何关系，来首尔打拼，得下多大的决心啊。而且还得以殷实的财力做支撑。如果不是如此的话，就要做好在这水深火热中奋勇拼搏的思想准备。兼职的收入用来负担学费，除此之外还得赚基础的生活费。

出身于保守家庭的她，一开始连去首尔的念头想都不敢想。家附近的国立大学看上去也不错，学的是自己想学的专业，又能进入理想的社团，所以一直以来都没有什么遗憾。她将自己的大学生活完全献给了报社。所幸的是，在毕业时积累了一定的工作经验。虽然成绩不好，英语等级考试考了数次也没能通过，不过还是拿到了毕业证。

她强烈地感到，在自己偶然进入的电视台里，潜伏在体内的灵感蜂拥而出。自己正站在充满活力的世界舞台正中央，这若放到以前可是想都无法想象的事。

"同大田充满乡村气息的氛围完全不同，我感受到这活跃的气氛。"在主编的筹划和带领下，下面的两名编导每两周就要完成一期节目稿。而节目的录制拍摄过程也需要操碎了心，从各种明星到普通市民和现场观众都需要协调。

一开始，交给她的任务是请演员以及调查收集资料。那时，她觉得一天 24 小时都不够忙。每天都要熬夜加班，但她并不觉得很辛苦。比起说自己喜欢电视台的生活，她觉得工作更有意思，更喜欢受到肯定的感觉。

即便放在现在来看也真是一件奇怪的事。因为她比任何人都喜欢祥和、宁静的生活，可是却在混乱的电视台生活中感受到了魅力，个中理由又是什么呢？从没认真、像样地收看过综艺节目的她却突然立志想要成为综艺节目编导的原因是什么呢？找到这答案的过程始终是不简单的。

"事实上，对于我本人来说，似乎有那种倾向，觉得受到别人的肯定比任何东西都重要。我喜欢在人群之中，自己独自发光发亮，就像获得一种名誉一般让我享受。大学新闻社就是这种能展现出我能力的团体，而电视台同样也是能让我的能力被全部展现出来的地方。并且是能挂出我的名字，我又能做好的事。而最重要的是，那里的氛围相对来说很自由。"

在电视台，大致有三种人存在。一类是非常热爱电视节目而努力工作的人，一类是喜欢同明星近距离亲密接触而努力工作的人，还有一类就是非常客观地看待这份工作，觉得这只是一份工作的人。她属于第三类人。她自己印象中，小时候几乎没有收看过综艺节目，而对于明星也几乎一无所知。"我知道的明星只有李成美（韩国搞笑女艺人），当时，我加入的电视栏目《真实游戏》的主持人就是李京实和李成美，你看，我居然连李京实是谁都不知道。"

她很晚才开始学习如何制作综艺节目。将设定的人物角色记在小本子上，开始背明星的名字。一开始由于自己在大学新闻社时习惯把文章写得很复杂而被提醒 "文字要写得易懂一些"，不过她马上就纠正了这些不良习惯。"闭上眼睛去听！直到你写的文字真正进入你的耳朵里才ok！"

　　她用心去记这些前辈传授的小诀窍，开始尝试将长文章改成短文章，如此反复之后发现，不知不觉间，那些多余的助词和语尾竟然都不见踪影了，文章变得简短易懂。最近，她虽然也时常觉得是不是自己过于省略助词，不过作为以大众为对象的编辑来说，这都是必须要掌握的技能。

　　而给人物设定角色形象的技术也日益提高。《真实游戏》栏目的编导需要采访许许多多的普通人，并且得一眼就将他们的特点挖掘出来。虽然角色隐藏在他们心里，还未展现在世人面前，但《真实游戏》的节目编导就得运用稍微夸张的手法将嘉宾还未掏出来的内心形象展示在人前。她曾在一周内采访了超过 100 人。有时是采访对象找上门来，不过更多的时候得自己出去寻找采访对象。在采访的过程中，遇见了无数的人，不知不觉间竟习得一身为人处世的好技巧。

　　她会向每个人提问，长的话 1 小时，短的话大约 30 分钟。其实只需一问一答，就可以判断出那人是不是适合出演节目，答案十分明显。不过她出于礼貌，会同那个人至少说上 30 分钟。面对那些为了上一期节目做了这个那个准备的人，她无法冷淡地转过身去，对他们说"No"。就那样重复问着同样的问题，3 年过去了，还好没碰到那种专抢新人点子的同事，所以作为一名编导她在电视台的初次亮相比想象中要快。同事们也对她关怀备至，经常请她吃饭。白驹过隙，有一天她突然醒悟，自己现在并不幸福。

"我突然发现，自己竟没有那些参加《真实游戏》嘉宾选拔的人幸福。"

那些来电视台参加选拔的人，眼睛里总是闪耀着光芒。他们希望在电视节目中能够表现出自己的一切，因此干什么总是量能充沛。想做的很多，想展现的东西也很多。

但是，猛然间，她回头看了一眼自己的样子。"天哪，怎么会是这副模样？"没有想做的事，也没有想达到的目标。就像习惯一样，抛出问题后站在观察者的角度省察自己。这个充满惰性的女子3周之内苦苦挣扎，终于写完了节目稿。可事情一旦结束，就累得不成人样，直倒在床上。"这算什么事啊？"她顿然发现，虽然每天都在苦恼怎样去做才能使别人发笑，但现实里的自己却是不苟言笑，甚至都不知道该如何去笑了。

放过自己

由于自己入行晚，所以当历尽千辛万苦终于完成节目稿时，一股成就感油然而生。当策划的节目顺利结束时，她为自己骄傲、自豪。她知道，即使没有自信能够随时随地写出有意思的节目稿，但还是有能力写出比较有意思的内容。刚开始干的时候，薪酬真的非常低。不过在成为正式编导后，薪酬相对来说也挺丰厚。干了三四年后，又忽然产生了新的苦恼。

而无法继续这份工作的根本原因在于自己并不喜爱综艺节目。当觉得自己不适合当综艺节目编导时，她下定决心要转投教育节目的怀抱。

那时候，资历老的同事拍着她的手，告诫她道："你去那边的话，说不定还要上演一集职场版的《动物的王国》（韩国教育节目，与《动物世界》类似）呢。那里竞争激烈，是弱肉强食的世界，你每天都会像经历一场激烈的战争一般。"同事的话是对的。在编导协会登记的综艺编导有200余名，教育编导则超过了1000名。而教育类节目的编导人数一多，自然酬劳拿得也就很少，拿下节目的概率也就降低许多。为了生存下来，每天都要经历激烈的争斗，弱肉强食的生活每天都在继续。最终她也不得不重新回到综艺节目的怀抱。虽然跳去纪录片或教育栏目当编导，工作会很有意思，但是她舍不得离开身边友好的同事们。

但她在坚持了一段时间后还是暂时逃离了综艺节目的世界。就像之前突然决定来首尔，仅花了3天的时间就解决了自己在大邱租房的问题。这次也一样，她取出了自己在京畿道坡州市炭县的房子保证金2000万韩元（约人民币11.2万元），然后踏上了旅程。在旅行之前，她每天都在设计自己的旅游线路，从俄罗斯到欧洲，从欧洲到东南亚，为期一年的长途旅行。并在那时迷上了玩个人博客。

"对外向别人公开自己隐私的文化，在那时还属罕见。因为是第一次尝试，所以觉得很有意思。现在虽然觉得难拾当年的热情，但在当时我真的在个人博客管理上倾注了很多时间和精力。大家都玩了起来反而变得没有意思，所以现在我完全将主页关闭了。"

独自踏上旅行的行者完全被博客所迷住，每天都辛勤地装饰它。即使白天跑了许多地方，晚上回到住处后，还是会默默地热衷于更新。白天睁大眼睛观赏外边的世界，晚上回来后会将当天拍的相片和文字上传到主页上。当时，由于大多数人都没有属于自己的个人主页，因此她比任何人都热爱维护自己的主页。

　　她的个人倾向就是如此。别人都读的书，她会觉得稀松平常。别人都做的事，她总是不屑一顾。最近，很多人都开始开通自己的博客、微博，热衷于将自己的生活展现在人前。在朋友圈、Twitter 或 Facebook 上，上传自己的全部生活和想法，并且会随时更新状态。讨厌什么事都追赶流行的她，忌讳共同参与其中。她总是这样。认同与别人有所不同的想法，这也滋生了自负与自信心，让生活变得与众不同。

　　开篇提到过，她在环游世界的旅行中遇到了爱情。在土耳其的棉花堡——帕穆克卡莱的一家酒店里。年轻的酒店主人 Najim 对这个东洋女子一见钟情，向她求婚了。于是，她给旅行按下了暂停键，一直住在这家酒店里，每天和无数的土耳其人一起唱一起笑，享受与首尔完全不同的日常生活，同许许多多的土耳其朋友建立了友谊。生活就这样继续，直到有一天她突然想到，自己是时候该重新回到一线生活了。也就是在土耳其待了 240 余天后，她决定离开。不舍地背起行囊，回到了首尔。她在回到首尔后也经常同 Najim 通电话。然后，又重新开始忙碌的电视台生活。回归的栏目同一年前一样，还是在《真实游戏》栏目工作。白天为《真实游戏》写节目稿，晚上勤奋地挥笔书写自己在土耳其上演的"历险记"。

自己对人物角色的创造已经逐渐得心应手，因此写游记时，在土耳其遇见的众多人物一个个地跃然纸上。就在她兴致勃勃地写着游记时，突然传来了一个噩耗。她的情郎，《土耳其游记》的主人公——Najim 因为遭遇交通事故不幸离开了人世。她无法相信这个事实，受到了严重的打击。于是，马上坐上了飞往土耳其的飞机。是要结束现在正在写的游记呢？还是继续？她陷入了万分混乱中。从悲痛中缓过神来后，她想，越是如此就越应该写完这个故事。于是，就在土耳其完成了这个故事的尾声，并将它发给了出版社。她将《土耳其游记》送给了 Najim。她想，也许这是能安慰 Najim 灵魂的唯一方法。

▶

走出去才能获得心灵的安慰

　　即便书上市以后，她也仍然不在状态。即使她的游记被很多人关注，她也从不接受一家媒体访问。理由就在于此。她的心还无法接受采访。就在无法回归日常生活，陷入混乱之时，她逃去了非洲。她想用尽全力将自己投身于以热治热的苦痛之中。那阵子，她的感情状态可以说是麻木，对待任何刺激也无法给出相应回应。任何东西都无法刺激她，什么也不想吃，也感受不到痛感。她认为是到了去非洲的时候了。也许到了那里，自己会重新开始感到饥饿，觉得全身都痛，感到疲惫呢？

　　事实上，她通过在非洲见到的人们，收获了心灵的安慰。

　　非洲人民过着异常贫困的生活，看上去生活没有一丝保障。看着这样

的他们，她不禁想到，原来活着不过是一件很简单的事。可以如此不需要疑问，不需要任何的希望或绝望。不过是因为生下来，所以才这么活着罢了。对这条真理，她深有同感。

经历了两三年的情感空白，伤口上长出新肉。她在非洲完成了第二本书的所有书稿，并把它发给了出版社。这就是《Mino 色彩缤纷的非洲》。作为一名旅行作家，她拥有了自己的一帮铁杆粉丝。两本书一上市就受到了大众的欢迎。但是，她还是无法轻易放弃电视台的工作。平常本就不精于储蓄的她，所有的钱都花在了旅行上。马上就要山穷水尽了，若回到首尔后不做点什么的话，可能靠着剩下的钱连基本生计都维持不了。作为一名旅游作家还是很难解决基本的生活问题。因为版税总是稀稀落落地打进账来，所以并没有自己写书挣钱的感觉。再一次作为综艺编导复出后，她打造了综艺节目《Star King》。也许这是她决定性的失误，或是为她的综艺编导的生涯画上句号的关键性契机。

当时，《Star King》这个节目的企划还未完全做好。制作人和主要编导的创作欲望蠢蠢欲动。因为对于节目的成功抱有很大期待，所以，劳动强度高得惊人，节目组的编导都十分辛苦。早晨很早就得从家里出发，迎接着凌晨的星空回到家中，每天都是如此。身体已经发出了不适的信号。她这才深刻地感受到，20多岁时的体力同30多岁时是完全不同的。于是，她最终决定，还是写自己热爱的文字度过剩下的日子吧。

"只要一想到，到死之前都得做这件事的话，我就觉得鸡皮疙瘩起一身。也有害怕的情绪在其中。害怕若没有给我提供新的出口，我就得继续做着不喜欢的工作。我不想这一生都靠着它吃饭生活。简单来说，那时我的心好似要裂开一般，所以，才决定踏上旅程。"

但是她仍然在为节目写稿。但不是为了取悦谁而创造出夸张的角色形象，而是去这里那里旅游的同时，写写书稿，写写节目稿，为不同的媒体写稿，穿梭其间。

从另一方面来看，她的离开真的是万幸。之前她对电视台系统深有不满。为节目提供点子的人大部分是女性，而将它拍摄出来的则是男性。她对这个事实很是不满。女性便宜地出售好点子，男性却随意榨取女性的劳动力，将创意占为己有。她多次看到很多女性编导被随意摆布并为此大动肝火。现在自己的名字能光明正大地标在封面上，无人能够分享自己的成就。

▶ 握紧爱人的手

自从长大之后，她一直努力从家人身边逃离开来。即便恋爱，也想轰轰烈烈地谈上一场更为现代的恋爱。努力想让男人这个存在不会太影响自己的生活。但是，貌似这所有的决心都即将变为泡影。一夜之间，单身时的努力都消失得无影无踪，即便努力让自己的生活变得更加自由，但也要考虑其他的家庭成员。虽然想想就觉得恐怖，但她还是决定挑战。

"我想婚后的生活应该会比现在难上两倍还多。我居然建立了一个家庭，居然属于别人的家庭成员。前方应该有许多难题等待着我吧。但是，在非洲旅行的途中，我突然想到。真的有必要计较这个，计较那个地生活吗？按照我自己最舒适、最简单的方式来生活，不是最幸福的吗？"

一起在东南亚旅行的期间，她明白了如果不互相依赖那么可能就无法渡过难关。而若没有发生让她醒悟过来的绝处逢生的事件，可能他们现在已经分道扬镳了。因为，30多年的时间里，他们都过着与对方完全没有瓜葛的生活。男方觉得离开自己居住的地段，就会不安。而她希望过的生活却与此完全不同。如此不同的两个人为了在一起而在拼命努力。为什么？她的答案很平淡。

"我想，到老了以后，变成白发苍苍的老太婆，也能握着他的手幸福和睦地走过这一生。这是我最大的梦想了。"

　　我的脑海中浮现出一对老夫妇，他们牵着手走在未知的巷口的背影。美好的笑声飘向远方。若是真能过上那样的生活，那便是拥有了美好。如果你说那就是幸福，我会举双手同意。

Soul food 灵魂食物

豆腐和芝士

我喜欢柔软的口感。

入口即化的美食。例如，豆腐或芝士之类的。

虽然我不是完全的素食主义者，但平日里我基本不吃肉。

虽然这可能会导致蛋白质大量缺乏。所幸的是我喜欢吃豆腐和芝士。

喜欢软绵绵的触感，也喜欢放在嘴里慢慢融化开来的感觉。

与其说，我想像豆腐或芝士一般，在这个世界上柔软地生活下去，

不如说，我喜欢没有棱角的舒适感。

都已经说到这份上了，我想再将豆腐和芝士称为我的灵魂食物也无妨吧？

每个人都要有
一个童话梦

当听到她是一名童话作家时，我的脑海里浮现出一位发福的妈妈级别人物。呵呵地笑着，仿佛要向我讲述一个和现实世界完全不同，纯净而又明快的童话世界的故事。但是，出现在约定场所的作家 Lee Bandi，却和我想象中的她完全不一样。一头如法国女演员一般的清爽短发，苗条的身上套着一件柔软的针织衫，到膝处的紧身裤，以及一双军装靴。像极了一个富有挑战精神的 25 岁左右的艺术家。

"总是被别人误会呢。人们从不会对写成人小说的作家的个性打扮多加谈论。但是，童话作家的世界却不同。实际上，在韩国的童话作家中有相当多的一部分人曾经参与到教育中。所以，其教育的形象广为人知。"

在成为童话作家之前，她的职业是时尚设计师。不，实际上作为时尚设计师的时间很短，很长一段时间都是全职家庭主妇。从小时候开始，就经常被人夸优秀，可谓是集所有关心于一身，但如今可以用来形容的不过是谁谁谁的妈妈，谁谁谁的妻子，这让她很不甘心。

"为什么我只能这样活着，什么也做不了，在街上看见那些随处可见的'什么故事也没有'的平凡阿姨，就会想难道自己一生都要以那副模样生活么。过往的华丽，说不定直到今天也能持续，但华丽的背后却是生活在水深火热之中。"

当工作不足以照亮梦想

　　大学时期，她就读于韩国延世大学的服装环境专业，一毕业就马上找到了令人艳羡的工作，进入美国时装品牌 Gap 的韩国支社，成为了一名设计师。但她吐露道，虽然名片的职业一栏写的是"设计师"，但在公司里却从未正式参与到服装设计工作中。

　　"总公司那边负责设计，将设计的原稿发来后，我们将原稿变成实物，在确定是否会畅销后，根据实际情况做出样品。从未有过亲自参与设计，或能在设计上反映我的意见的经历。我们把样品发过去后，最终抉择也是由那边负责。实物的完成度是否高，价格是否合适，类似的决定都是由总公司负责。因为没有一丝一毫的决策权，所以强烈地感到自己不过是作为一种消耗品而活着。"

　　在当时，虽然 Gap 并没有被引进到韩国市场，但服装大部分都是在韩国或中国的香港完成生产的。韩国的人工费较低廉，所以被选为服装制造地，负责流水线的整体操作过程，并将制作完成的衣服高效率地发往全世界。不仅韩国国内的服装制造企业，中国等地也都积极参与到制造商投标中，决定好生产工厂后，将关岛、塞班以及中国等地的工厂内制造完成的衣物发往全世界的 Gap 卖场。

现在回想起来，那时虽然是作为一枚消耗品被使用，但在当时还是做着一件看上去令人艳羡的工作。它充分地满足了一名20多岁年轻女性的虚荣心，月薪丰厚，休假时间长，并且福利也相当可观。经常可以同外国客户会面，去中国香港或美国出差，穿着华丽的礼服在酒店里参加派对。但是，遗憾的是，她对这种生活却丝毫没有幻想。虽然，从外表来看十分华丽，但内心世界却逐渐趋向爆发。她不想无法真正参与到设计工作中，只是作为一枚消耗品过活。在公司，经常会听到他人评价自己"小心谨慎且真挚"，这是20岁刚出头的年轻女性轻易拥有的稚气。她想重新开始自己的人生，想正正经经地做一回服装设计师。于是，向公司递交辞呈，正式投入到真正的时尚界之中。

　　26岁时做出了大胆决定，当时，男朋友（现丈夫）介绍了一位能一起经营时装小店，年轻又对时尚很有想法的朋友。虽然，那位朋友从未正经学习过时尚，但是对时尚却非常有自己的一套想法。两人就在首尔狎鸥亭共同开了间复合品牌时装店。虽然猛地听上去好似开展了什么宏伟的事业，但事实上，不过随意设计一下，再送到东大门地下工厂加工一下做成样品，如果顾客对样品反映不错的话，就会加量生产销售，不过是一家很普通的"卖衣服的小店"罢了。同伙的朋友就像从名牌杂志里蹦出来的模特一般，虽然从未正式学习过时尚，但是穿衣很有自己的风格，也喜欢这一行，他对时尚的感觉总是那么新颖，做出来的成品总是那么惊人。如果说她是用脑子来设计的话，那么他就属于完完全全靠"先天直觉"来做设计。时装设计是不是只有这类人才可以驾驭的，服装是不是只有怪咖才能做的呢，她开始陷入深深的苦恼之中。

接受生活带给你的困惑

从事时尚业的人们不会去批判虚荣心,反而认为适当的虚荣心能刺激时尚灵感的觉醒。她仔细回顾了一番自己的趣向。无法滋养一丝虚荣心,想为衣物而疯狂着迷,却做不到,自己不过是一名憨厚的女子在华丽的世界中奔跑罢了。当时,家庭经济问题也是拉大她和时尚业内人士之间距离的原因之一。在从事时尚业时期,她的形象则更为贴近模范生。时尚潮流在前,她在后,追得哼哧直喘气。

"事实上,从很早以前就感受到时尚业与我的取向并不相符。"她就读的服装环境专业内有很多家境富有的孩子。有时候,她甚至会觉得这是当然的。想念双学士的话又需要缴纳昂贵的研究生学费。想成功进军时尚界更需要留学资金或时装费等等,需要强大的经济支援。有钱才能去留学,才能创办自己的品牌,才能开工作室。这行业的特性大多如此。虽然偶尔也有孑然一身靠自己的才气成功的案例,但是大多数人都是在父母坚实的财力支撑下才得以成长为今天的时尚大师。学费虽然也是费用,但是时装费更不是一个可以小瞧的数目。因为要对品牌高度敏感,若不想被时尚远远抛在后面的话,购置时装的费用会非常多。自己的朋友大多赚的钱远超过自己,即便能从父母那获得一定支援,但还是将所有的都投在装扮自己上。因此,看着这些朋友自然会不自觉地气馁。在很多人都不以为然生活的世界里,像丑小鸭一般无法合群,而看着自己忸怩作态的样子,实在是不满意。

20 岁刚出头那会儿，她开始严肃地怀疑自己是否真的能搞定时尚。在当时，她深深地陷入苦恼之中。是要就这样放弃服装环境专业，去念美术还是去学医。美术和医学，两个完全风马牛不相及的专业，听起来可能会疑问为什么会陷入这样一个困惑之中。只有她知道自己心中这两者相互交织在一起的神奇之处。

对于既能学好理工科，又拥有艺术细胞的人来说，茫茫宿命中必定经历如此大的矛盾。因为可以选择的生活范围实在是太广泛，反而就不知道什么才是真正适合自己的了。她的痛苦就在于此。在于选择的多样和丰盛。而从小就全面发展的她，在各方面都不甘于人后，反而让她误以为这世上没有什么是自己搞不定的，没有什么是做不到的。因此，对于重新开始，她并不害怕。而如此一来，这个也试试，那个也摸摸，导致让自己摸着石头过河，走了不少弯路。这也是才能多的人必须经历的宿命。

别因结婚而失去自我

做得好好的工作就这么辞了。野心发动之下经营的服装小店的销售虽不尽如人意，但不至于落入一个无人问津的泥潭中。就在那时，男朋友突然提出了结婚的建议。当时恰逢家中令人担忧的事接二连三地发生。父母因为经济上的原因，最终决定选择离婚。而正好哥哥考上了本校的研究生，所以，她不得不选择放弃转专业的事，就那么头脑一热选择了就业。工作本身就没意思，这导致她 20 多岁的时候，就那样无聊、琐碎而没意思地度过了。比起雄心壮志，她感到自己的发展前景是那么不起眼。而自己像独自走在独木桥上的烦闷情绪几乎压垮她的心。于是，欣然答应了男友的求婚。

"我想安定下来。那时，大概和男朋友已经交往了一年多，其间也就结婚交流过几次。因此，我几乎没有什么选择的余地，于是所有的事情就那样自然而然地发生。"

不经意间回头一看，婚姻已然摆在面前，她就要成为别人的新娘。

我为什么在这里？虽然请帖已经写好、送出，但盘旋在她脑海里的矛盾并未消失。结婚还是不结婚？我的梦想该怎么办？我应该走向哪里？所有的事情对她来说都是那么不透明。她当时如此犹豫结婚有很大一部分原因是对丈夫缺乏足够的信任。在她看来，结婚让自己的梦想和希望全部得丢弃在洞窟深处，可谓是最差的选择了。那时，丈夫对她的犹豫感到十分意外，说道："即使结婚也不会影响什么，婚后依然可以做想做的所有事！哪有什么问题？我会做你最坚强的后盾。"

说起来当然容易，但婚后想做什么事却变得那么难。

结婚后没多久就怀孕了，之后是孩子出生。像其他人一样，在照看孩子上几乎倾尽她所有的能量，终于还是过上了成为谁谁谁的妈妈，谁谁谁的妻子的生活。心里总是空虚的。一心一意成为谁谁谁的妈妈，谁谁谁的妻子，就那么无丝毫存在感的生活让她厌恶。

很晚她才领悟到，自己并不符合这种很早成家，一心一意照顾家庭的

生活。因为，过去对自己的期待值非常高，从小又是受人瞩目的焦点，集老师、家长的喜爱于一身，从他人那获得肯定对她来说是那么熟悉，因此作为家庭主妇所感受到的疏远和丧失感更加深刻。人们不再关注已身为人妇的她，没有人会问她，你喜欢什么，爱好什么，你过去是什么样子，对于将来的展望又是什么模样。

她的丈夫非常体贴，并且十分顾家，是儿子的好爸爸，妻子的好丈夫，也是品性优良的社会一分子。并且能敏感地感受到她心中的矛盾，而用心去照顾、体谅和安慰她。在丈夫的眼里，比起社会成就更重要的是形成和睦的家庭，因此像照顾早期忧郁症患者一般，为了调节她波动起伏的情绪而花费了很多时间和精力。但是，她心底的矛盾却没有轻易散去。如果说自己是为了找到一个避难处而结婚的话，那么这可以说是非常成功的选择。但是，她却无法满足于安逸的生活，欲望在心底蠢蠢欲动。因为，想成为什么人的欲望源泉无法得到满足，因此无论是丈夫还是孩子，很长一段时间都无法幸福。家庭就像处在悬崖边一般，和睦美满的同时岌岌可危。

偶尔回娘家见母亲时，心中会莫名地伤感，眼泪默默地流落。母亲看到她流泪的样子，急忙问道："家里出了什么事？你是不是怕妈担心，所以有事也憋着不说？"事实上，她的家庭完全没有问题。问题在于她自身。只要她的心安定下来，所有的问题都会立马烟消云散。母亲听后，也哭了，认为也不是家里出了什么问题，为什么要活得如此辛苦。看着这样的女儿实在是无法理解。

"别人都是这么活着。结婚、生子，一家人和和睦睦地幸福地生活在一起就好。丈夫对你也好，孩子也茁壮成长。只要你的心安定下来，就没有所谓的'问题'存在。为什么你要活得如此辛苦,我实在是无法理解。"

她也深知解决问题的根本方法是什么。因为问题出在自己身上,所以只要浇灭心底的欲望之火,一切就迎刃而解。

丢了的自己要慢慢寻找

但是,她最终还是作出决定,因为家庭主妇的生活无法满足自己。于是,决心一定要做出点什么。虽然无法判断自己应该选择哪一条路才是正确的,只是单纯地想向前进,希望那条路的终点摆着一顶华丽的桂冠。

在孩子们号啕大哭的房间里,开始了犹如准备高考的高三考生生活。这次的目标是韩医科大学。因为孩子还很小,所以也没办法去补习班学习,所以购买了网络课程,开始每天熬夜学习。白天照顾孩子,晚上学习,辛苦地熬过每一天。虽然身体十分疲惫,但是奇怪的是,她却像准备高考一般,重新找到了丢失的活力。学习过程中,她不禁想起要是自己高三时也能有今天这么努力的话,不是想去哪所大学就能去哪所大学吗,说罢自己哧哧地笑了。

实际上,她在考试中取得了相当不错的成绩,排名在全国前 1.5% 内。可惜遗憾的是,她恰好撞到枪口,当年韩医科大学是热门大学,因此,分数线比往年都要高。而首尔圈内的韩医科大学不过两所而已,因此投档线就更高了。以她的分数,被首尔的医科大学顺利录取还稍有不足。她的犟脾气上来了，哪怕是地方大学也一定要去。而丈夫却反对，要丢下家人去那里的话，不如在离婚协议上签完字再去。虽然丈夫最终松了口风，但还是保留了一定底线。

"如果可以走读的话，你想去哪里我都不管！但是，如果不是走读那绝对不可以！"

她听说，在地方韩医科大学上学的话，每周回首尔看一次家人并不是一件说说就可以做到的简单事。因为学习任务重，抛下家人后将所有的时间都花在学习上还不够，前辈的一番话说到了她的心坎上。而面对丈夫"你真是太自私了"的指责，最终不得不败下阵来，放弃自己的计划。准备考试的时候原本已经康复了的忧郁症又卷土重来。

在她看来，比起单纯地照顾孩子，她更愿意一边照顾孩子，一边苦学到深夜。

她是个极具挑战精神的人，未来若过于清晰地摆在面前，便无法从中感受到挑战的乐趣。她梦想自己能向着属于自己的未来，在不清楚终点是哪里的道路上不停地奔跑。她渴望接受向着未来奔跑的每瞬间所感受到的那份激动与感动的洗礼。其实在她的内心深处比起对生活的安定，对于名誉的欲求比他人来得更为强烈。这样的女子在 26 岁，前途一片大好的情形下，就早早为人妇，将生活的中心全部放在家庭上，每日做饭、洗衣、照顾孩子，如此一来，如何不感到痛苦。

在放弃进入韩医科大学学习后没多久，为了换换心情，于是约了一位

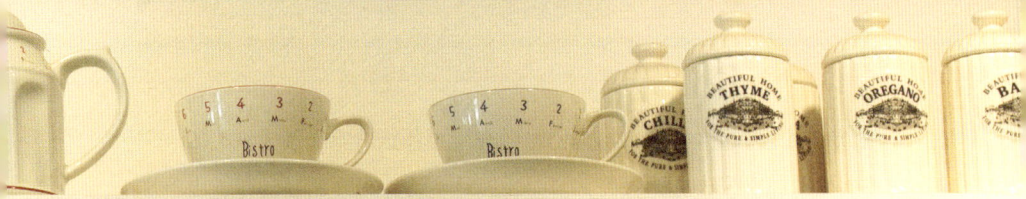

靠写字为生的师姐见面。虽然师姐也是服装环境系出身，但是感受到自己想写字的那份心情，于是重新进入首尔艺术大学文艺创作系学习，现在靠自己的文字为生，十分潇洒，让人崇拜。

"我要不要也进首尔艺术大学文艺创作系学习一下呢？"从小就对学习很有自信的她半开玩笑半真心地说道，而师姐却十分有兴致地接过了她的话头：

"你念大学时曾经对我说过这样一段话：因为喜欢涂涂写写，所以以后要是有宝宝了的话，就要为他做一本亲手绘制的小人书。童话，也要自己亲自写了以后再念给他听。"

自己遗忘多时的梦想冷不丁地被朋友提起之时，感受到内心深处沉寂已久的欲望突然开始沸腾起来。

"好吧，试着做一本手绘书吧。用我的双手亲自绘制！不管是文字还是图画，试试看吧！"

在韩民族日报的文化中心报名参加了图画书作家的讲座课程。家住盆唐的她把孩子寄托在其他地方后，就急忙跑去麻浦孔德洞听课，每周一次的课程对她来说是那么享受。在听讲座的时间里，她感受到迷失已久的自我重新被找到。练习时写的故事，老师很是喜欢，于是介绍了一家出版社让她去试试，就这样开始绘制图画书的原稿。那时，她才真正找到自己原来的名字"李春英"。用李春英的名字出了一套图画书，小心翼翼地开始了她的社会活动。但是，重新拾起长时间放下的笔杆，并用其开始绘制自己的职业人生可不是想象中那般简单。需要根据编辑定下的主题，从小朋友的角度出发写文字。

而就在此时却突然迎来了自己怀上第二胎的消息。无意中，两年的时光就这么唰的一下溜走了。

在最深的绝望里，遇见最美丽的惊喜

那阵子，围绕着她的生活可谓是难以形容的惨淡。公公和娘家母亲同时展开了和癌症的斗争，而又没有可以看护的人，因此，照看两位的生活起居全部放在了她的头上。生活就这样压得她几乎喘不过气来，孩子也无法尽心照料。早上起来，先把老大送到幼儿园。之后马上背起老二，去市场买菜准备中饭。再把准备好的午饭送到医院，照顾两位老人用餐，精心看护一番后，马上赶到幼儿园将老大接回家来。生活如此反复。如果晚上没什么特别的事，就得去医院照看老人，剩下的时间则全部投在家务活上。那段日子十分艰难，导致让人已不清楚一天是如何度过的，一个月又是如何过去的。

随着时间流逝，她的样子难以想象地发生着变化。她成为了被生活榨干的家庭主妇。

单身时期，每每看到小区里将头发紧紧盘起，一脸素颜四处游荡的主妇们，会觉得她们的样子十分寒碜。暗下决心，自己以后绝对不要这样活着，绝对不能这样降低自我价值地活着。对于那些主妇来说，平凡得好似没有任何"故事"可谈，也没有丝毫对生活的欲望。但是，现在的她终于了解她们也是有故事的一群人。那么不起眼地经过你身边的人们，她们也曾做梦，有过自己的梦想，有过自己想做的事。

当自己同她们一样，顶着那副面孔生活的时候，情同手足的一位姐姐安慰她，并且对她这样说道："不管多么辛苦，也不要将所有的时间都只花在家人身上，一定要尽可能重新找回属于自己的时间。"她从这句话中获得勇气，重新在文化中心报了名。只不过这次不是图画书，而是教如何写童话书的课程。一周一次，将世间一切繁杂事务放下，只为了自己而活。神奇的是，这段时间竟成了她巨大的安慰。她感受到了之前一次都未感受过的感动，就像从别人那里白白获得了些什么，那股感动的情绪洋溢了她的整片心。

"童话书和图画书有很大不同。这不仅仅是单纯的写字而已，而是真正地去创作一部文学作品。我希望可以挑战一次试试看。"

听童话课程期间，周围的人都折服于她的热情，感叹道："没看到你眼睛发光似乎已经很久了。你正经历的悲惨生活同你闪耀的面庞是那么不同！"

事实上，她犹如找到了一道安全出口一般。每天在幼儿园和医院两头跑，夜里创作童话。但是，她却丝毫不觉得疲惫。凌晨，"秘密之门"被打开。在她即将被筋疲力尽的生活折磨得快要晕倒之时，待所有家人都入睡以后，她用笔打开了自己的新世界大门，跌落到谷底的能量重新被充满。

和婆婆发生争执而伤心的瞬间也暂时褪去。只要进入那扇大门，所有的一切都被遗忘。她回到家后，在心里这样默默道：

"婆婆这个时间肯定也是红着脸，因为无法忘记和我的争执而十分伤心。但是，我有只属于我的世界，所以那些不开心全部可以轻易抛到脑后！"

她开始在凌晨进行童话创作，而那段时间治愈了她现实生活中的一切痛苦。虽然，自己并没有单独的创作空间。不过是将孩子们哄睡后，在屋内小小的桌上，一边用身体挡着刺眼的台灯以免吵醒孩子，一边写童话罢了。一般作家写一部作品需要花上几个月的时间，但她在短短6个月之内就创作了10余篇作品。她在写童话时精力高度集中，更重要的是故事大多发自内心深处。所以闲暇时间，她都用来思索童话创作。以前，她总是听着歌哼着小曲儿，忙乱地过活。但自从开始创作童话之后，平日里也不听歌了，一心尽情于故事的缤纷世界里，全身心地只投入到自己创作出来的美妙世界中。

在疯狂沉迷于童话的时间里，日常生活也是丝毫没有改变。公公在经过12次的抗癌治疗后，遗憾地离开了人世。母亲在结束抗癌治疗后，去了庆州的一家疗养院。庆州离首尔很远，但成为母亲说话的伴儿也成为了她必须完成的作业之一。看护母亲的时候，开车的时候，她的脑海里想的总是童话故事。终于，她找到了自己可以奉献一生，并且自己能做好的事情。

同时期，同她经历相似的一位姐姐对她讲述了自己的故事。这位姐姐的弟弟被送进重症监护室，她需要负责照顾弟弟的饮食起居，担任起弟弟的护理工作。往往挤都挤不出来的文字，却在那一期间喷涌而出，不过短短 10 天内就完成一部作品。护理的空闲时间，睡觉的时间也是分了再分，却将这些零碎时间全部用在文字创作上。神奇的是，效率竟是比以往都高出许多。而通过文字创作，觉得自己也能撑过这一苦难时期。似乎只有写字自己才能呼吸顺畅，只有坐在电脑前心情才能稍微平复。

她能充分理解那份心情。每天夜里，当孩子们都睡下后，蜷缩着身体坐在电脑前写字的时候，内心深处总是这样念叨："你们都不知道，这是只有我才能进入的世界。只属于我的世界。"咬紧牙关才挤出来的只属于自己的珍贵时间。若没有那段时间的话，故事原稿绝无法完成。她也绝对无法成为一名童话作家。

刚开始进行创作时，她总觉得自己的文字在衔接上存在很大不足。但努力写着写着，某一天她突然发现，自己练成了传说中的"熟练"。很晚

才醒悟，自己虽然不是别人经常挂在嘴上文艺女青年，但从小时候开始，就读了很多的小说。父母给买的《世界文学全集》一本不落地全部看完。并且在小学二年级就开始出入图书馆，经常从图书馆借书来看。

每当忧郁的情绪席卷而来时，她总是躲进书中的世界里。读书能扫除阴霾，让自己的天空重现阳光，总能给自己带来一份悸动。她不禁想起，自己小时候捧起书来总是全身心投入书中的世界，为了快些念完几乎废寝忘食。她不过是想不起来罢了。原来自己对文字有如此大的欲望。大学时期曾参加文学创作社。一年的时间内，为了写出点什么总是努力地去思索。但是，在当时由于延世大学文学创作社的社员太多，有太多的人将文学视为生命，她在其中不过是看别人眼色行事罢了。不过，内心深处对于想写字的欲望，想将自己内心情绪表达出来的欲望总是鲜活地跳动着。小小的种子就那样潇洒地长大，经历现实世界的风风雨雨仍未趴下，坚强地成长。

有一个世界只有我才能进入

不久前，她获得了创作与批评社颁发的新人童话作家奖。虽然是否获奖并不重要，但这是对她的鼓励与褒奖，所以她感到很是欣慰。人们经常只看她的外表，就这般轻易说道：

"只有当你感到压抑时才会文思喷涌，一鼓作气写出好文字。所以，我总是很担心你。你看上去并不知道什么是所谓的'压抑感'。脸上总

是洋溢着那么阳光的笑容，看上去自信满满的人真的能写出好的文字么？"

很多人都只看她的表面而认为她过着养尊处优的生活，从未体验过什么叫做"生活的苦难"。每当听见这些话，她总是抿嘴一笑，并不去反驳什么。她不想将只有自己才知道的秘密世界展现给他人看。

如若不是因为压抑，也许她根本不会走上写字这条路，过上完全不知道什么是"童话"的生活。事实上，她吐露道，印象中自己并没有阅读过童话。在正式开始创作童话之前，她的字典里并没有"童话"二字。老实说，直到现在她都不是一个会花大量时间在阅读童话上的人。她首先想到的是既适合小朋友读的又适合成年人读的童话故事。于是，她开始努力敲打电脑键盘。在孩子和丈夫都熟睡后，在熄灯的房间里，坐在小小的桌子前，一个人慢慢陷入故事的世界中。

"别人总觉得我是怀着什么宏伟的梦想，伟大的目标才开始写童话的。但是，事实并非如此。我不过是因为有趣才开始写童话故事的。我想写能让自己都津津有味去阅读的童话故事。我喜欢像罗尔德·达尔的《查理和巧克力工厂》一样，能随时将读者领进一个陌生世界的故事。"

在得奖之前，她是活动在创作与批评社里的一名童话作家。而为了向创作与批评社的新人奖发起挑战，所以故意暂时隐瞒了自己的身份。不想因为"创作与批评社作家"这个头衔而得到什么优惠，而落选的话自己也会觉得十分丢脸。所以，最终创作与批评社新人奖由一个叫做"Lee Bandi"的无名作家获得。Lee Bandi 正是李春英为自己新取的笔名。得奖

之后，丈夫也开始肯定她作家的这一职业，并祝贺她通过自己的努力，终于梦想成真。

不过，丈夫直到现在也说，比起她作为有名的作家，更重要的是家庭的和睦幸福。万一她放弃写作的话，丈夫还是会为此举双手赞成。但是，她知道，万一她不写文字的话，家庭的和谐与幸福是绝对不可能实现的。

她就是这种人。只有为了达成什么目标而拼死努力，能量才会源源不断地涌上心来。持家过活时为了不听到其他家庭成员的埋怨，而更加用心。写作的时候，为了补偿投入到持家生活的时间而拼命写故事。

虽然别人有可能会觉得，她虽然起步晚，不过在写作这条路上运气很好，过得会比别人轻松。但她知道，自己的人生比任何人都不安。然而现在，她反而感谢自己那苦难、不安的生活。

只有经历过谷底的人才有可能写出点什么，这句话真是一点错也没有。苦痛是创作的源泉。而经历痛苦生活的她，将那段时光作为养料，催生着多种多样童话故事的诞生。看着孩子时想出一篇小故事，脑海里的突发奇想慢慢吸收"营养"长成一个羽翼丰盛的小故事。投身于童话事业并不是出于严肃的使命感，而是自己觉得有趣，觉得写作的时光让人享受罢了。有时候会感受到，童话里登场的主人公细心照料她心底的伤口，给她安慰。她爱上那感觉，于是每天都写一点点，有规律地生活、创作。早上把孩子们送去学校后，后3个小时则会用来写作，这已成为了她雷打不动的习惯。若深夜情感爆发就会一直工作到凌晨。

如果晚上写到很晚，导致第二天早上起不来的话，那么，丈夫就会早早起来负责做早饭，给孩子们整理书包，将孩子送去学校。丈夫能充分完成这"贤外助"的任务。她说，经历了这么长的时间，现在才满意地翻开人生的新篇章。所以，刚起飞的人生更加有趣而充满欢乐。

在今年，她计划在丈夫的大力支持下，撂下一切担子，专心投入到童话的创作中。她将努力充实自己的两个身份，充满热情的两个孩子的妈妈和童话作家。充满热情的"婚后大妈"比未婚的单身女性可以更加美丽。

大酱

不止因为我是家庭主妇所以才对大酱那么执着。

不正是只有大酱味儿浓，食物的味道才鲜美么。

虽说，辣椒酱、酱油等其他酱也很重要，但我觉得大酱才可谓是重中之重。

做浓汤时和拌菜时必不可少。

虽然看上去，我可能属于外貌协会的成员之一。

但事实上，我更追求内在美。

我常常觉得，只有内在美，所有的事情才会朝着好的方向运转。

因为平常很关注大酱的味道，所以去哪里都会买上一瓶来尝尝。

乡下小铺里卖的自家腌制的传统大酱也不会放过。

很奇妙的是，味道真的会有所不同。如果用味道不同的大酱做料理，食物的味道自然也会跟着变得不同起来。

别忘了
最初的梦想

从电影振兴委员会国际部出版负责人到语言治疗师

"称呼您姐姐也可以吧？"

　　一见面就努力拉近我们之间关系的女子，起初投向她的目光还带有些许尴尬和迟疑。我们坐在人声鼎沸的小酒馆里，不过是因为公事而见面的场合，并非所谓的闺蜜关系，可她却开朗大方地以这种方式向我搭话。并且，就真的熟稔地叫起我"姐姐"来。作为电影振兴委员会国际部英语出版组的负责人，她的笑声天真又轻快，让人不禁疑问世间真的有如此欢乐又开心的人么。心底的疑问涌上来，于是反问她道："生活对你来说真的如此享受么？"

　　蓦然想到《新世纪福音战士》中的一句台词："所谓长大成人，就是不断聚了散，散了又聚，为了让彼此不会受伤害而保持一个适当的'距离'。"其实她还未真正受到过伤害，所以还只能算是个孩子，对保持适当的距离明显还不熟悉。

　　她不曾留恋伤害所带来的距离，若喜欢谁，则会毫不迟疑地大步走上前去，吐露自己的心声。所以，她经常会给他人带来困惑。对于完全被社会的泥泞所掩埋的人们来说，她的亲切感会让人不适应。

　　她看上去是那么快活。但随着不断的深入了解，她却与我猜测中的样子大相径庭，是内心世界很敏感、易忧郁的一个姑娘。第一次见面时，一举手一投足之间散发的亲切感让人误以为她是这世间最外向、最活泼的人。但随着慢慢的接触，你才能发现她的另一面。

　　她说话时声音低沉，却不曾带有说话声音低沉的人们所特有的冷静。很容易与陌生朋友熟起来，但却与性格外向的朋友有着天壤之别。当你推测她"啊，原来是这一类人啊"时，她却突然转成另一类。再当你判定"原来是这一类啊"时，她却绕了个弯，重新转了回来。她的个性有多重性，但却十分有趣。有趣的同时，又不时让人感到些许困惑。

她的脑海里总是充斥着这样那样的想法，曾经受到过很多次伤害，会因为对方的一句无心之言而苦恼。我担心她容易接纳别人，会因为对方无意的一句话而纠结，导致将来可能很难遇到属于自己的幸福。但是，她却将自己的幸福永远排在第二位，首先担心的是别人的幸福。

"听说崔胜子诗人最近在经济、精神上都遇到了瓶颈。所以，我近期若有需要送他人礼物的事，大多数情况下都会选择崔胜子诗人的书籍。姐姐，你有没有看过崔胜子老师的诗集——《我的青春最永恒》啊？如果没有的话，我明天快递一本送给您吧。"

每每见到她时，她的心中总是装满对他人的怜悯，出奇地担心他人，仿佛要将世间所有置身苦难之中的人都救援出来一般，热情与力量源源不绝。加上，她也没有特定的宗教信仰，我实在是好奇这种怜悯及惊人的使命感到底是从哪里喷发的，一问果然发现她也是个有故事的人。

心有一方净土

她的家乡在济州岛，四面都是波涛滚滚的大海。可不要认为，家乡在济州岛，就代表每家每户都住在面朝大海的房子里。她的家在济州岛市内，离大海可是相隔"十万八千里"。虽然身处四面环海的海岛上，并且深深热爱大海，但摸不到、看不到的事实反而滋生了她对大海的眷恋。对于感性的女子来说，大海就像遥远的异国他乡一般路途遥遥。近在咫尺却又深深思念。如今回首过往，发现自己似乎比陆地上长大的孩子更加思念大海。

因为从很小开始就感受到并且深爱着大海，所以思念的感情自然更加丰富。放学后，喜爱和朋友们聊天的她，最喜欢玩的游戏就是爬上屋顶眺望远方的大海。她经常在屋顶上呆呆地遥望漫无边际的海平线。虽然家离大海很远，但所幸在朋友家的屋顶上可以一眼望到。直到现在还依稀记得，即便爬上某一处房子的屋顶，大海就像一条线一样，鲜明地画在画布上，闪闪发亮。

那时，她在屋顶上拥着受伤的心，放声欢呼可能正是因为知道现实世界与她想象的恰恰相反，是一个残酷、悲惨的地方。

当时的她成天窝在主屋后的小房子里。房间很小，也不高，她在自己的那间小屋里读书、思考。在那里读完了夏洛克·福尔摩斯的全系列推理小说，60 本世界文学名著以及大百科词典。同时，她还广泛涉猎各种杂志。随手一伸，无论何种题材、故事，她都会津津有味地读下去。如此陷入到

阅读的世界中的原因，是父亲。

给予是快乐的

她的父亲是一名盲人。对一个人来说若无法自由地用眼睛观察世界是一件多么悲伤的事啊。她对父亲的怜悯，对父亲无法轻易做到什么的遗憾，让她坚信通过自己的勤奋阅读可以缓解父亲了解世界的渴望。虽然没有仔细分析过，但她如此热衷于书籍可能很大一部分原因就是因为父亲。

她努力去阅读父亲无法看见的东西，读完后想把故事细致地说给父亲听。想通过自己低沉的声音悄悄告诉父亲，存在于文字中的幻想世界，那里有裂开的海平面，闪烁的金光和咸湿的味道。

她的父亲虽然天生残疾，但靠着做按摩白手起家。她总是为自己有这样的父亲而自豪。父亲祖上并没有什么可以继承的财产，加上身体有缺陷，不比他人条件好，却从未向生活低头，而是堂堂正正地，努力将子女抚养成人。小时候的她可以说是过着比同龄人都优越的生活，因为父亲不想因为自己的先天残疾而让子女受歧视，所以总是努力让子女过上不逊于他人的生活。从不吝啬给他们买玩具，想要的东西基本都给予满足。当其他小朋友来玩时，看见她家满屋子的玩具总是异常羡慕。

"看来我那时也喜欢送什么东西给别人。"

在她的印象中，小时候每次有小朋友来家里玩的话，走时手里总是抓着什么。她说，只有这样心情才会变好。真是天生的捐赠天使。

即便是今天，同谁见面的话，依然会随心所欲地送点什么。有的时候是一条围巾，有的时候是自己正在听的音乐CD，还有的时候是手头正读着的书。一开始时，我总是会欣然收下她的小礼物。但到后来就会开始小心自己的言行了。礼貌地赞扬几句的话，她马上会豪爽地接上一句："那么，我把它送你好不好。"赞扬她的围巾颜色很可爱，她则会马上解下围巾来送给你。如果说这音乐真不错的话，她会将CD一并送给你。

▶
珍惜每一段相遇

读书、看电影、听音乐所带来的享受是无法用言语来表达的。事实上，由于父亲的天生残疾让她深知在很多人看来是可以轻易做到的事情，却不是所有人都可以享受到的。

济州岛在未开发之前几乎与不毛之地没有两样。在首尔最新上映的电影，需要过几个月才能在济州岛看到。几乎没有什么值得一看的展示会和演出。在网上购买的书籍，也得足足花上2～3天时间才能收到。患上文化饥渴症的她，每天傍晚都会准时收听《裴幼静的电影音乐》，将自己想看的电影和想听的音乐专辑抄在纸上。那时期，恰逢电影专业杂志《KINO》创刊。朋友偶然递来这本杂志，她看后深深为此着迷，从此关于电影的梦想在心底生根、发芽。她一边说，一边羞涩地笑了。这并非曾经喜欢过电影的所有人都拥有的共同记忆，只有少数人才会对此产生共鸣。那时，她刚 20 出头。那个年纪很难拥有准确的判断力，犹如无法准确分辨出想做的事和能做的事一般，她也并不清楚自己应该首先做出何种选择。

　　大学生活正式启程。她离开四面八方都是大海的济州岛，终于来到了文化的中心地——首尔。所谓足以闪瞎眼睛的大都市的华丽，就是无论在何处都能尽情享受文化。至今，她还清楚地记得那时年少的自己在首尔市内逛到脚板红肿。还记得自己一个人坐在艺术电影专用剧场——Core Art Hall 里看电影，现在那里已经停业。还有和小组成员跑到仁寺洞画廊里呆上一整天的回忆。那时，她将大部分时间都花在网络上。还广泛活跃在电影同好会、爵士同好会及文学同好会的论坛上。在那里遇见的人们现在大都作为电影评论家、小说家或爵士乐评论家活跃在文化一线。

　　"即使说我所有的人脉关系都是在网上结交的也不为过。过去曾和今天文化界的明星级人物熬夜畅谈。但是，在聊天室里结交的缘分事实上都比较浮云，因为很轻松地就中断联系的朋友实在太多太多。"

　　但即便如此，这些缘分对她来说依旧很珍贵。他们能写得一手好文章，知识渊博又头脑聪明。但是，随着在同好会里活动的时间变得越来越长，她越来越感觉到聊天室里缺乏真心。一直希望能与他人真心地交流，但是在网上却无法结交到真心的朋友的这一事实，让她深陷挫折之中。以为对方真心待你之时，他们却往往保持着距离，不再向你靠近。而重视交流和共鸣的她往往为此受到伤害，经常感到绝望。在这个过程中一点点地见识到这个世界丑陋的样子。在听到"你想法太多了"的评论后，甚至会感到自卑。长久以来的历练，让她长大、成熟了许多。她已习得如何在大步走上前去示好以及在心中设置一道防御墙之间找到平衡点。虽然已经能很熟

deux cafés allongés s'il vous plaît.

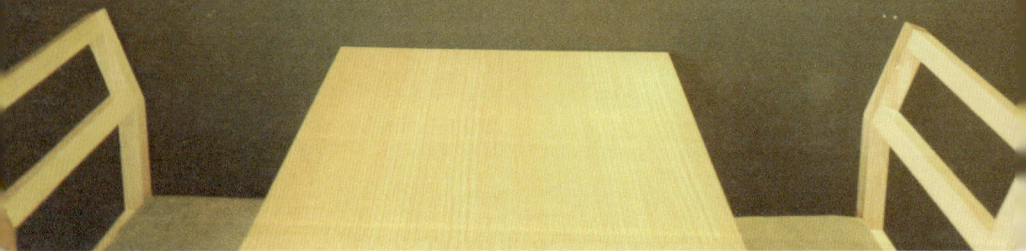

练地找到两者的平衡点，但是同人们的相见却渐渐让她感到疲惫。喜欢时不能清楚地表达出来，不喜欢的也不能轻易说出口，这种形式的人际关系让她陷入无限的苦恼之中。

从高点回到本真

大学毕业后，她进入东国大学影像研究生院电影影像系开始专业学习电影。从热爱电影到真正开始学习电影，从文化边缘走到文化的中心点，这种大跨步式的转变让她兴奋，不过兴奋只是暂时的。她逐渐领悟到，学习电影并不能说自己已然成为电影人这一事实。她仍然处在边缘，仍然只是一名喜欢电影的人而已。虽然在研究生院度过了一段开心的时光，但对电影的饥渴仍然无法得到缓解。随着时光慢慢推移，她终于得以成为电影界的一分子。

90年代，她在福克斯DVD光碟供给部门工作，正式开始了她的电影事业。但在当时，DVD光碟属于夕阳产业，因此部门里并没有多少成员。每每来了新作品就要决定制作几张DVD光碟比较合适，以及将外文翻译成韩文时比较合适的长度，同时还要仔细检查字幕里是否有错别字。不仅负责管理还要完成校订工作。自己也在质疑，自己到底是干着伟大的电影事业，还是校订工作。同时学习国语文学以及专业电影理论对她的工作很有帮助，如果要把这看成是一种安慰的话，那么这就是安慰。

研究生时期在时尚杂志社做过校订校稿工作的经验得到了发挥。事实

上，对于校稿，她是很有自信的，相信自己能比其他任何人都完成得出色。英语的校稿更是如此，这可算是她的专业领域之一了。她在研究生时期，经常参与到电影翻译的工作中。电视台盲目进口电影的那段时期，对一名自由翻译工作者来说，可接的活儿可谓是接二连三。通常她都是先接到电影剧本再开始翻译，但有时也会不提供电影剧本，那时她都会老老实实将听到的内容抄下来，再将其翻成韩语。

姑姑是一名英语教师，在她小时候姑姑总会手捧《man to man》的语法书教她学习英语，这为她的英语打下了夯实的基础。正是对英语校稿工作很有心得的时期，偶然之中，她看到了电影振兴委员会国际部募集出版专业人才的公告。

在当时，她正深陷是否要去留学的苦恼之中，所以非常犹豫。父亲说要送她人生最后一个礼物，把她送出国留学。而独自在加拿大蒙特利留学的朋友也说自己孤独，催她赶紧过去一同学习。可以说，正是她准备向着新世界出发的时期，把她牢牢牵回来的还是电影。

虽然是万分纠结之后做出的选择，但是这份将韩国的电影及韩国电影界的中心人物推出国门，向全世界介绍的工作，她觉得十分有意思。其中最吸引她的就是制作发行电影振兴委员会自办的海外杂志《Korea Cinema Today》。杂志每隔两个月发行一期，每次在制作过程中，经常需要熬夜加班加点地工作，担心出现错误报道，连头发根都是战战兢兢的。但是，杂志编辑工作让她觉得自己的每一瞬间都充满活力，做起来自是兴致盎然。

有一个小小的梦想在她幼年时就生根发芽，她期待能与志同道合的人

共事。因为当时很有意思地读完了那本独立杂志，所以一直以来她就希望能参与到杂志制作的工作中。当她真正投入到这项工作中时，她感受到了无法用言语表达的喜悦之情。读书，看电影，见自己想见的人，并同他们交流，再加上还能赚钱，这份工作几乎可以称为她的理想工作。但是，电影振兴委员会的政治色彩比较浓厚，时不时刮出政治之风。每当政权交替之时，电影振兴委员会的委员长也会随之更换。而每到那时，整个公司就会陷入其特有的杂乱氛围。她期待找到更稳定的工作。

转眼而立之年，她感到如果现在还无法摸清未来道路的方向，可能连抵御混乱的体力也会消失得一干二净。于是，她给人生来了一个 180 度的大转变，努力让自己能够对他人有所帮助，于是开始了作为语言治疗师的生活。

最近，她比在电影振兴委员会工作时期更加忙碌，也更加辛苦。但是，面对这种生活却丝毫没有感受到任何负担。她开心地说道，自己制定了正确的人生计划。

"工作真的很有意思。所以，连我的生活也变得有意思起来！"

梦想从未散去

当她还在电影振兴委员会工作的时候，每周会去一次特殊教育学研究生院听课，为自己重启第二人生做准备。两次的研究生生活，投入的钱与热情虽然很多，但是她并不后悔。

她肯定地说道，可以同时做两件事让她很开心，很享受。电影振兴委员会在弘陵地区，而檀国大学特殊教育研究生院在竹田，两地相隔甚远，她往返于两地之间，通过自己的努力终于顺利取得了学位。并且在几个月前通过了考试，获得了语言治疗师的资格证。现在她穿梭于医院与特殊学校之间，作为一名语言治疗师认真地生活，离文化圈渐行渐远。她梦想成为像电影《国王的演讲》中为乔治六世治疗口吃毛病的语言治疗师莱纳尔·罗格一样，能为那些无法说话或无法随心表达自己的人重新打开话门，让他们重新找到语言的魅力。现在的她正为了实现这个目标努力奋斗。

但是，为什么突然选择了语言治疗这个行业呢？好奇之下问她，她轻轻地笑道，事实上，这似乎是自己内心深处一直的梦想，从未变过。上初中时，曾经想过要成为孤儿院院长。再大一些时，就想在济州岛建立大型特殊教育中心。可以说，在她的心里，这个梦想从未散去。

"小时候的梦想总是宏伟的。所以，那时候想成为的不是特殊学校的老师，而是建立一家特殊教育中心，在那里还能作演讲，我一定要成立一家更加带有文化气息的特殊教育中心。"

不过，首先实现梦想的是她的父亲。现在她的父亲用自己的微薄之力在济州岛经营一家特殊教育中心。她总是以她的父亲为豪。虽然和父亲生活在两个不同的城市，无法经常去看望他，但是对父亲的思念和尊敬一直没有变过。每当说起父亲的故事，她脸上洋溢的尊敬之情令人印象深刻。

"我父亲白手起家。虽然先天患有视觉障碍，但是通过自己的努力甚至取得了研究生学位。在做按摩工作时，如果客人有需要，不管何时都会第一时间跑去，就那样靠着辛苦挣来的钱成立了特殊教育中心。"

真的是非常值得为之骄傲的一位父亲。

现在，她在一家特殊教育学校工作。每周五次去为孩子们治疗语言障碍。同时，每周还会去一两次位于京畿道骊州的一家疗养医院帮助治疗语言障碍。最开始改变自己的职业时，为了不想断开与文化的关系而装出一副不以为然的样子，但如今她的脸上总是光彩照人，幸福地叙说自己的日常生活。而既是她的兴趣又是她的专长的怜悯意识重新发动，开始为那些正辛苦挣扎在人生重要关头的人们而担心。

"那位真的是很可怜呢，应该准备些礼物送给他。听说我的一位朋友最近挺难的，应该帮助他渡过难关的，但又不知道该怎么去做。"

和她聊天，你会被吓到，原来世间还有这么多需要我们去帮助的人。不过也不禁让我感到庆幸，想成为救世主的人同坚持不懈等待救援的人能如此近距离地交流。她选择转行可谓是最佳的选择。

因为建立同事关系并不是需要马上去做的一件大事。所以，首先为了世间某个人而分享出自己的微薄之力，在其身上倾注自己的热情也不是一件坏事。她的热情、怜悯虽然无法拯救世间所有生活在水深火热之中的人们，但靠自己的力量却可以帮助周围一个被生活边缘化的人的理念，让我不禁想举双手为其呐喊加油。我相信她一定能做到。

黑啤

不管是什么，我都喜欢味道稍浓郁一些的。

咖啡也喜欢喝浓度高的，啤酒也是。

我虽然不擅长饮酒，

但因为喜欢和人们呆在一起，所以喜欢酒桌上的气氛。

一开始完全不知道酒的味道，但直到尝试黑啤，才真正觉得啤酒是一个好喝的东西。

想起我第一次喝健力士黑啤的情景。

细腻的泡沫和香醇的味道，

味道非常苦，后味又十分香醇、细腻，那种柔软的感觉简直是世间一绝。

而且我觉得那种味道和我本人十分相似。

允许自己
去虚度一段时光

　　一个周六的下午，首尔弘益大学前闹哄哄的。将包和衣服撂在桌上，她脸上一副马上就想离开的表情，在我一到就提议道："我们换一个安静点的地方吧。"显然是等待期间被咖啡馆内的噪音吵得很不耐烦，一脸筋疲力尽的样子。但，该将阵地转移到何方呢？虽然知道的咖啡馆不少，但安静雅致的地方偏偏一时半会想不起来。周六下午5点的弘大校园门口基本都是这个氛围。一大群人聚集在一起好像要开Party一般，即使话题没有什么好笑的，也能大笑大闹，叽叽喳喳，熙熙攘攘，一片"盛世"之势。

　　正当我快速翻遍脑海中的咖啡店时，不过3周前才回国的她，提议去知道的一处安静小咖啡馆，于是我们向着目的地出发了。

　　大巷口处分开的岔路，又从岔路处分开的小岔路，就这样在"山间小道"上左拐右绕，终于找到了目的地。一家从窗外可以直接望到内堂的咖啡馆，在一张实木小桌前并排坐下。点了两人用咖啡套餐，静静地放心地松了口气。"咻，刚才真的是很吵耶。"

▶

有计划地过每一天

　　直到几周前，她还处在与此处完全不同的世界里。印度的瑞诗凯诗（Rishikesh）是进出喜马拉雅山的关卡，也是神圣的恒河流经之处。她在那里短暂停留，亲身体验了一番正统瑜伽，并仔细观察了瑜伽修行者的日常生活才回来。冬天又窝在只有人骨做伴的实验室里，一整天都投入到人类学的学习中。而后又飞去泰国沙美岛，从泰国北边开始，骑着自行车顺着老挝、越南、柬埔寨环游了一圈。在旅途中，写下了《骑自行车环游世界的方法》一书。

　　"我如果有要写的东西的话，首先会躲到某处去。将自己全身心投入

到写作的氛围中。接下来，就是每天做做简单的瑜伽，只吃最好消化的食物。将剩下的时间全部投入到文字创作中。手机自然是处在关机状态的。"

在她看来，安静是很重要的。比如今天的见面因为需要讲述故事的时间会很长，所以即便再麻烦，也坚持找一个适合谈话的咖啡馆。写作也是，因为要在短时间内创造出最佳的文字，所以，还是选择躲在虽然遥远，但很适合静下心来集中干活的东南亚海边。一直以来她都努力寻找出一个最高效，同时又最适合自己的生活与工作的方式，自然对自己各方面的了解也就愈多。

一小时内能阅读几页韩国著作，一小时内又能阅读几页英文原版小说，什么样的食物是最适合自己身体的，什么样的音乐能够提高注意力，而什么样的瑜伽姿势能放松处于紧张状态中的身体，曾经去过多少个国家旅行以及所花的费用，甚至将这些国家的基本信息全部整理放在一张 Excel 表格里，一目了然。小到琐碎杂事，大到人生计划，努力将所有的一切都按照自己的方法系统地去整理规划。如何才能踏遍世界每一处，才能安稳地颐养天年，这些计划都具体地掌握在她的手中。她说，在制订这些计划时所需花费的时间自然不少，但是运用这个最佳计划所能节省出来的时间将会把所花费的时间大洞一点点填补上，并且最后会有所盈余。简单说来，这是一个积累生活技巧的小故事。

◗

在书本中领略更广阔的天地

在面对选择时，她通常选择的是旁人不会去选择的小岔路，在那条路上走了又走，才到了现在的位置。他人都在选择适合自己的最佳职业，而她却为了找到能让自身"感受"到最棒的职业投入了大量精力。

"我并不是在做人们口中常说的精力和时间上的投资，而是虚度光阴罢了。那个时候真的是很不懂事。"

当故事回到那段"不懂事"的时期时，才渐入高潮，引人入胜。她并不是那种会将自己的人生过分美化或赋予浪漫的色彩来叙述。就像讲述他

人故事一般，秉承客观、态度严谨，以理论或数据为依据，来分析自身的全部状况。用一句话来概括，她不属于我之前所遇见的女子中的任何一类，完完全全是另外的一种风格。说话时语速较快，并且非常斩钉截铁。在阅读她在沉迷于潜水时期所记录的随笔《Le Grand Bleu》时，比起豪爽的感觉，更让人感受到的是她的真挚和理性。

她周密细致的判断以及对数据的依赖源于幼时爱好读科学杂志。她笑笑说，家里好像最多的书就是科学丛书了。也许是受到了曾短暂在大学担任教授一职的父亲的影响。在她当时阅读的书中写有这样一句话："所有动物死后都会腐化直至消失。"小小的心灵在面对"腐化直至消失"这样残忍的事实时，想必受到了不小冲击。她说，也许正是因为心中早已被打下烙印，所有东西都是肮脏的，最终都会以死亡来结束，所以才开始研究人类学。

她的功课一直不错，并且热爱学习。曾经无聊之下开始翻看哥哥拿回家的微积分教材，在解决一个又一个难题的过程中感受到乐趣。

从很小就开始大量阅读各种著作，这为她的写作打下了坚实的基础。她对语言有着与他人不同的敏锐，还说得一口流利的英语。

居住的小区里很难找到一个同年龄段的小女孩，于是自然而然地开始宅在家里，终日与书籍做伴。养成良好的阅读习惯后，学习起来也异常轻松。就像其他学习成绩优异的高中生一般，充分相信自己无论何事都能做好。大人经常会劝那些学习好的小孩去当医生，可在她眼里，医生是一个既没意思又非常辛苦的职业。首先，需要熬夜去完成的工作量很多。并且，需终日与病人打交道，这样生活起来想必也不简单。因此，她希望能成为一名教授。并没有决定一定要教授哪一门科目，不过是觉得当上教授的话，能够想去哪个国家就能去哪个国家罢了。

　　"我从小就非常想去外国生活。但是，所了解的职业中能去这个那个国家的只有教授了。在读书的时候，仔细翻阅作者介绍一栏可以发现，大部分作家名称下面都会写有某某大学教授的字样。所以，我就那样梦想一定要当上一名教授了。"

　　想去外国生活的梦想同当时所感觉小区里散发出的烦闷情绪相融合，于是一发不可收拾地膨胀起来。想从每天只是喝酒、吵架，一味顾影自怜的大人们的世界中逃脱出来，将釜山这座城市作为跳板，一跳跃过韩国这个压得让人喘不过气来的束缚圈子。当时她的人生真的是没有一丝乐趣可言，脑海中经常浮现的都是些痛苦的事情，拥有不符合她那个年龄段小孩的悲观世界观。

　　作为一个比起希望，首先学习的是空虚的孩子，从夏洛克·福尔摩斯系列故事中找到了生活的希望。虽然故事情节也十分有趣，但是书中登场的人物，他们拥有同韩国完全不同的文化背景，从他们的生活中找寻到了巨大乐趣。可以乘坐马车去这里那里挖掘出人们的秘密，可以经过复杂实验而得出来的宇宙大奥秘。在她小小的眼中，可以探索，可以研究的文化看上去是多么的魅力无限。

忙着出发也别忘记思考

更为倾向文科的她大学念的是浦项工业大学化学系，很大程度是因为当时社会的整体风气。当时的人们盲目坚信只要进入这所大学就一定能取得些什么成就。在她之前，家里从未出过什么大学生，没有人能给她任何建议。她的想法十分单纯，觉得去那里念书的话，留学应该会是一件非常简单的事，但她过于乐观地看待了所有的事。真正进入大学后，发现不符合本人个性的专业，让学习变得没有乐趣可言。

"想要的东西若和个性不相匹配的话，人生真的会变得很辛苦。"

无疑她所学专业的最终目的旨在创造出能赚钱的新型物质。因而，个性与兴趣之间存在不协调因素是必然的。她试着将一切一切抛到身后，努力融入这个社会。在当时，她积极参与到大企业为了抢占优秀人才而开展的"三星第一人才"，"LG 21 世纪选拔队"的活动中。

"三星第一人才"项目让优秀的人才在三星强有力的支持下，共同取材制作成杂志，形成人才网络系统。而"LG 21 世纪选拔队"则是先提交各自的企划案，并在 LG 的资助下完成海外文化研究。

她当时提交了研究"御宅文化"的企划案，拿着研究资助金在日本进行了为期 3 周的短暂研修，回来时资助金还剩下许多。在作为学校宣传大使活动期间攒下了不少零用钱。加之浦项大学学费较便宜，而她平时又贯彻落实省钱计划，终于如愿完成了自己的梦想之旅。

她在 21 岁的冬天踏上了印度之行，而这段旅程完全改变了她的生活轨迹。当时在韩国很流行洪信子（韩国舞蹈家）和柳时华（著名诗人、冥想家）的书，这些书给她留下了很深的印象。

所以，她首先想去的目的地就是印度。出发前，她认真拜读了印度旅行同好会成员留下的经验谈。本就对印度怀有特殊的情怀，字里行间的叙述更是让她感到一丝小兴奋。真正到达印度后发现，那个世界比描述中的更加妙不可言。从世界各地赶来的人们聚在这片土地上，如同嬉皮士一般。好奇心旺盛的她追着询问每一个人，为什么要选择这样的生活，这样生活的目的又是什么。并且，乐此不疲地探寻他们内心深处的故事。

20 岁刚出头的她，听着他们的故事，心里依稀萌生出"随性生活"的小绿枝，自由之风吹开了她的心。她开始学习、思考活着的意义。对印度的热情没有轻易散去。从 1997 年冬天起直到第二年初夏，每个月花费 200 多美元，像当地人一般在印度土地上穿行。回到韩国后不久就飞去了澳洲，最后又再一次回到了印度。

在旅途中找到新起点

那年夏天对她来说可算是一个"多事之夏"了。为了再去印度而重新开始打工。大学一年级时参加海东剑道社团时考的海东剑道级别证派上了用场。澳大利亚的一家海东剑道道馆招帮工，要求初级英语，又有海东剑道级别证书，一旦录用则包吃包住。这勾起了她的兴趣。一个夏天都能待在澳大利亚，并且还能赚钱，丰厚的报酬让她拥有能攻克一切难关的勇气。

坐上飞往澳大利亚的飞机，开始在道馆里帮忙。但是，由于武术在澳大利亚并不十分流行，因此工作既没有意思也没什么发展前景，很快一切都变得无趣乏味起来。她离开道场，去澳洲乡下一个农庄里干活，一个月能赚到200万韩元（约人民币1.12万元）之多。她将那些钱全部换成卢比（印度货币）之后，又回到心灵的故乡——印度。

她在印度的第二次生活就这样拉开帷幕。去喜马拉雅山旅行考察，同流浪艺人一同在偏僻的小村庄生活了一段时间，逐渐找回生活的能量。这时，脑海中突然浮现出要正儿八经地学习的念头。但是，自己的化学概论都没能掌握好，一下子开始正式学习物理化学、有机化学，一时半会很难理解。她开始认真投入到各个试验项目中，频繁穿梭于实验室之间，但随着实验的规模渐渐变大、变复杂，真正达到完全理解还是很有难度的。

身心疲惫之际，却没想到在无聊翻看的网页中发现了"新大陆"。美国一家滑雪场的招聘广告抓住了她的目光。"利用寒假期间去那里打工，再用赚来的钱去阿拉斯加潇洒一圈吧！"大脑飞速计算的同时，她开始翻找相关网页。那时，她第一次知道了Salsa（莎莎舞）的存在，并且立刻爱上了充满魅力的莎莎舞。"在阿拉斯加舞上一曲再回来如何呢？"

去美国滑雪场打工一事最终因为企业行政管理不当而泡汤。接下来，该怎么做呢？虽然计划暂时无法实行，但是她决定用"潇洒地花钱"这一第二计划来代替第一计划——赚钱。莎莎舞已经完全抓住了她的心，而她又属于那种喜欢什么，想学什么就一定会走到底的类型。正是这种性格让她成功获得了海东剑道的段证，而现在则到了乘坐飞机去学习做一名莎莎舞舞者的时候了。

别怕岔路口，走下去就会看到希望

"在那里，我认识了很多朋友，相处得十分愉快。她们生动活泼地讲述自己在世界各地的所见所闻，虽然舞蹈本身让人喜爱，但是，似乎和她们共同度过的一段美好时光更加令我兴奋和着迷。"

她开始穿行于浦项与首尔之间，虽然学习的过程很辛苦。但她是一个只要开始沉下心来学习就不会半途而废的人。按照计划，她在墨西哥跳着莎莎舞迎来了千禧之年。出于想认真学习一番拉丁文化而学习了西班牙语。她认真穿梭于各大历史古迹中。

正在观赏建立在沙漠中央的巨大金字塔时，从远处飘来熟悉的乡音。在陌生的地方能遇见同是韩国人的女子，自然是一件令人兴奋的事，便与对方开心地聊了起来。在听了那位女子的职业介绍后感觉很吃惊。那位韩国女子告诉她，自己在韩国韩华公司驻墨西哥支社工作。她直到那时才知道跨国财团的大多数海外营业部都是单独分出来的这个事实。她

说："那个人的生活当时看上去是那么潇洒、开心。"

大四学年刚开始，泡沫经济开始蔓延。IMF（国际货币基金组织）的迅速离境，让韩国勒紧的腰带提早解开，人们开始享受经济复苏带来的美好。大企业纷纷大幅增加新进职员的比重，人力资源负责人亲自去各大名牌大学遴选优秀毕业生。

"那时，毕业生不需要另去企业面试也能被录取。从学校参加完面试后，就马上决定入职了。"

她没有选择辛苦、活多的外企，而只向三星电器及 LG 电子递交了入职申请书，并接到了两份 Offer。她最终选择了 LG 电子。因为三星电器公司在韩国水原市，而 LG 电子就在首尔驿三洞，正是疯狂痴迷莎莎舞的一段时期，所以为了离学习莎莎舞的地方更近一些，而选择将上班地点定在了驿三洞。

"LG 驿三大厦就位于首尔驿三洞。在那里工作的话，似乎能更加经常地去参加莎莎舞的训练，所以几乎没有任何纠结，就直接选择了 LG 电子。"

事实上，与职场生活相比，她更多地将热情倾注在了兴趣爱好上。虽然一部分原因是因为喜欢莎莎舞，但职场生活过于无聊也是无法忽略的原因。泡沫经济时期，由于公司过多招聘职员，导致她进入公司之后，几乎无所事事。虽然，按她的要求将她分配到海外营业部，但部门还是最终被解散。她也被编入了新部门。她对自己到底应该去做些什么毫无头绪。

另一个很难适应职场生活的原因就在于，企业最大的目标在于追求利润，而为了企业的创收则不得不奉献出自己的全部精力。为了将滚筒洗衣机的销售量提升到最大值，我们应该如何去做。她不想自己的脑子里终生装着利润创出四个字过活。

"最大的问题就在于，自己想做什么，却没有事情可做。"

入职不到一年后，她就递交了辞职报告，果断跳槽去了一家环境咨询公司。环境咨询的工作很对她的口味。当全球化企业去到国外建立分公司时，不管是什么企业它都要严格遵循国际环境保护法规。而这时，环境咨询公司则会找到符合国际法规的条件，然后将其提供给企业。

环境咨询公司入了她的"法眼"与其想去国际机构联合国工作的意志分不开。在这一行业里，只要认真工作三年左右，就能拥有去联合国工作的资格。这对她热切渴望去国外生活的梦想来说，是一个绝佳的机会。但事实上，在那家环境咨询公司工作还不到一年，英国的一家公司发来了提案，邀请她过去工作。本应大声欢呼飞过去才对，但她却突然停下，踩住了人生的刹车。

"当时我爱上了摇摆舞（Swing Dance），正和朋友们完全投入到摇摆舞的练习中。出于还想留在那里多玩一会儿的原因，而把绝佳机会拒之门外。那时自己过于骄傲，将世间万物看得过于简单。"

她从自身上找为什么当时拒绝的原因：自己想过光鲜的生活，但内心深处还是向往着自由，同时还想像其他作家一般，过着波澜起伏的生活。当你追求三者同时实现时，用一句话来说，即所有的一切都乱成一团糟。

她乐观看待这一切，坚信最终都会变美好，因此决定首先带着炙热的一颗心继续走下去。在竹山国际艺术节做志愿工作者时认识了洪信子老师，受老师的邀请突然被委以经纪人的工作。洪信子女士发现她既擅长行政工作，同时英语也十分流利，因此拜托她帮助一下自己。她那时不知道自己的心情和想法是什么，就这样将所谓的"职业"全部扔在一边，大踏步地向着新的领域出发，而且薪水也不是十分丰厚。我猜想，在当时她也许必须去那么做，又或许是真心想去那么做。

当兴趣代替职业

"从小学我就开始练习写小说。但那时由于经验不足，通常是去模仿别人写，而不是写属于自己的小说。正因为如此，才会有'要当一名作家的话，她就得阅尽人世沧桑，过着一波三折的生活'这样的想法。在当时，我虽然不知道要怎么去生活，但是观察他人的人生，而自身也同样追逐波澜起伏的生活的话，是不是总有一天能将这一切所见所闻都写成一本书呢？"

作为洪信子老师的经纪人干了一年左右，觉得现在该是放手的时候了。为洪信子老师的书稿四处张罗时认识的出版社编辑恰好在那时提出了一个建议。出版社要出版醉心于佛教而正处在修行中的一位僧人的随笔，现在正在找能用英语代笔的作者。她恰好平时对佛教也很感兴趣，加上也想正儿八经地写一回文字，并且又曾在美国呆了三个月，这是一个能与僧人交流的好机会，自然没有拒绝的理由。

事实上，那期间非常安稳也十分开心。以那本书为契机作为一名代笔作家，自我认可得到了满足，这之后又写了5本书。并且，获得了成为一名出版社编辑的工作机会。就那样一直努力干着费脑细胞的工作，直到有一天去东南亚游玩时，被潜水所迷住，于是果断地辞掉了工作，开始重新投入到如何精通专业潜水的课程中，对"想感受一番中性浮力"的热切渴望让她再一次脱离职场生活，似乎是努力将人生的"正轨"导向"岔路"一般，而沉迷于专业潜水。

所有的挑战都是磨练

好似随意开始的兴趣生活，最终成为改变她人生的符号。真是神奇。对于别人来说，她做的事情可能是很多人一生都无法完成的，她却能充满激情地在几个月或几年间就把它们一一完成。虽然好奇那精力的源泉来自哪里，但是更加好奇的是，她如何判断什么时候该投入，该离开。那开始的热情是从哪儿喷涌而出的，该离开的时候又是如何能那么准确地发现。为了解开心里的疑惑，小心翼翼地问她，她却犹如不算什么般有条有理地整理给我听。

"我并不属于能轻易脱身的那一类型。不过是一旦开始就必须看到结尾才能过瘾罢了。我要是开始做什么的话，就会知道这份精力大概能支撑我走到哪里。这个可以维持几个月，那个又可以维持几年。并且，在必须要放手的感觉找上门来之前，都会用心努力地去学习。我学习的并不是该逃向哪，而是以后也会继续跳舞，继续学习专业潜水。几个月不动弹的话，身体就会痒得慌。"

所谓一个人的履历上，让人大呼无法相信的经历再次上演。拿到专业潜水资格证之后，她在韩国 hana 旅行社海外旅游部门担任领队，一干就是三年。在当时，她觉得这份工作非常新鲜有趣，可以不用花费一分钱就能转遍世界每一处角落。在她看来，这是一个能让 Excel 表格里"我去过的国家"一栏被更加充实的绝好机会。但是，世事哪有那般简单。带着旅行团的成员们在世界各地旅游虽然很有趣，但辛苦的时候也很多。这让她重新深深地感受到韩国的服务业比想象中更为粗糙。不摸深浅就开始社会生活的她通过这段工作一下子变得懂事、成熟起来。

"在那之前既没眼力见，也不懂什么事。但是在做旅行带队的三四年间，一下子就变得懂事起来了。"

那时她学会了很多与人打交道的方法，更加周密地观察了一番社会构造，着实地学习了一番对第一次见面的人应该怎么做的方法。

"工作很简单。首先，从公司接到旅行团的成员名单。名单上会有他们的住址，基本可以猜测出对方是一个什么样子的人。通过电话简短交流一下的话，就更能估摸出对方是什么样的人。再到机场见面时面对面地交

流一番，就基本能判断出那个人的大体状况了。"

由于没有技巧，所以上班前担心得基本上一宿没合眼的时候很多，到后来就习得了应该如何去协调团体游客的秘诀了。

"人们只有置身于与自己相似的群体中时，才会觉得舒服。如果游客们互相都不满意的话，那就会把矛头全部指向我。所以，首先应该在分类上下一番功夫，这让我的视野变得开阔起来。对于说话的语气和说话的顺序也进行了很多试验。我接待了 1000 名以上的顾客，这段时间好就好在让我能对人类进行更为深层次的省察。"

一切都恰到好处

做了 3 年的海外带队导游之后，不知不觉几乎到了三十岁出头的年龄。严守生活规则的朋友们要么在大企业里成为中坚社员，要不过着优渥的生活。她重新翻看自己的人生记账本。她发现自己虽然过着有趣的生活，但是现有的社会地位与所期待的相比低了太多。社会地位低并不是赚钱赚得少而带来的痛苦，也不是被别人轻视。她认为，社会地位愈高，能随心所欲干的事也就愈多，自己的时间也就愈能随自己的意志来支配，不喜欢做的事可以不去做，不爱吃的东西可以不去吃，不想去的地方可以不去。她在心里切实感受到，如果想享受这些自由，那么必须得提高自己的社会地位。

还有一点，就是活了这么久，她始终无法放弃体验各种生活。回首一看，她发现自己并没能与那些设计世界走向，引领时代潮流的精英深交。尽情游览了世界上60个国家，觉得陆地不足以满足，还深入海底世界探险。但是，她现在对内在的世界是如何构造的，原理又是什么产生了浓厚的学习兴趣。这与想提高自己社会地位的愿望虽然有所差异，但想探索是什么构造能够拥有如此力量能让世界得以移动的欲望越发强烈。也许这才是她为何如此晚才正式起步开始学习人类学的真正理由。

她重新开始踏上冒险的旅途。但这一次不是身体上的冒险，而是头脑冒险。完成骑着自行车沿着湄公河支流的冒险旅程后，想重新开始学习的欲望冉冉升起。她进入首尔大学人类学科研究生院，首先开始用大脑将身体感受到的人类和文化知识进行整理。一年过去了，学业也完成了一半的今天，她才感觉到找回了自己的位置。

"我所想的能够尽情地去实现才是最舒适，最开心的。上学期间，我若胡说有关人类的荒唐话，老师就会担心我为什么会那么想，甚至在我面前流过眼泪。但是，就像是人类为什么会互相帮助的问题一般，现在可以用整整一个学期的时间来思考这些对别人无法提出的问题。可以同教授和不同学科的学生们一起讨论，自由分享这本身就是一件有趣而又让人开心的事。"

作为带队导游在欧洲旅游期间，挤出自由时间，认真去找《米其林指南》中介绍的昂贵餐厅，像别人一样尝试从吃喝玩乐中找寻生活的意义。但是，最近比起吃喝玩乐，从探寻真理的世界中感受到更加高层次的幸福。读着 Richard Dawkins 的《自私的基因》，感觉脑海里互相缠绕、纠结在

一起的困惑一次性就被整理干净。明确理解那个原理的瞬间所感受到的喜悦，实在无法用言语来形容。

仍然待在所谓叫做"学校"的组织里，被某人困扰着生活自是不简单的事。但是，首先，为了遵守她的人生计划，顺利完成硕士毕业论文比什么都重要。而从不半途而废的她，也许这次也会顺利完成硕士毕业论文，按照计划成为用人类学知识武装的潇洒人类学探险家。

为人生制订一个计划，享受执行的乐趣

她所关心的人类学主题是"治愈"。去世界各地旅行，在旅途上看见了许许多多的治愈共同体，这让她不禁想到，人们去旅行的理由之一说不定也是为了寻找治愈的方法。贡献出自己生命的一半在印度修行的人们，在她的眼中看来也是一种经历治愈的过程。无论是深受韩国女性大爱的济州偶来小路，还是西班牙的圣地亚哥朝圣之路，这些在她看来都属于治愈共同体。因为除了步行没有任何可干的事情，走在那条小路上的人们一天至少要与周围的人们打十二次招呼，拥抱，并且互相问好。

在那里你可以了却遗憾，把从降临到这个世间以来从未收到过的关心一次性揽在怀里。虽然世间存在千千万万的治愈共同体，但是我们并不知道它们的存在，所以也无法享受到那份治愈带来的安宁。因为不知道，所以我们茫茫然背负假象，为其纠缠，受到伤害，感到痛苦。并

不是要批判宗教，但她发现，基督教有 2000 余年的历史，而佛教已有 3000 余年，与宗教相比，难道不能找出更为现代的治愈方式么？

找出这个方法就是她最终的目标。她想借助论文更加严密地去接近，并且把该内容重新通过游记的形式向读者们简单说明。但是，她想写的游记题材与 Claude Levi Strauss 和 Marvin Harris（皆为人类学巨匠）写过的几近相似。她不想一时性起再写那些只是参透些他国文化的游记，强调自己将要写的是用数据说话的人类学游记，并非收集五花八门的数据，将这些数据全部罗列在学术纸张上，组成读上去难懂深奥的论文。而是以第一手资料为论据，写一本新颖、有效又特别的旅行手记。

很晚才起步的学习将会把她的生活导向何方还是一个未知数。但是，她用她特有的冷静沉着的口吻答道：

"其实，腹稿都有。我原来就不是乱写字的人。在开始学习前，用计算机仔细又仔细地算了一番。因为答案已经算出，所以一直在坚持。"

她的生活就像在热情的风中肆意摇摆的杂草一般，但出人意料的是，她比任何人都有信心按照人生的计划来生活。如果要在这里加上一个名称，即"德国式自由主义"。

很久前，她在印度遇见了一个叫做 Dominique 的德国人。这个德国青年当时是一名建筑系的高才生，十分风趣，就像大多数爱好旅游的德国人一样，他每到放假时期都会独自向着喜马拉雅山深入游玩一番。那时在拉达克游玩时，同行的还有当地的一名向导，但由于向导既不能说英语，也不能说德语，所以，两人至少十天以上无任何交流，无言默默游完了全程，只是单纯欣赏拉达克地区的自然风光。但那时突然感受到Dominique与向导之间产生了某种特别的交流，和不通语言的人进行了真正交流的感觉。并且，感受到自己的灵魂在大自然风光中被神奇地吸收，融合进去。

之后，他为了进行内观冥想（Vipassana Meditation，印度最古老的禅修方法之一）而住在一个不到7平米的空间里。他重新领悟到，即使身处狭小空间也能享受身体完全的自由。于是，他果断决定放弃建筑专业，重新开始对人生进行规划。究竟是结婚生子同家人一起度过平凡每一天的生活更幸福，还是进行适当的劳动，剩下的时间全部投入到冥想与旅行上的生活方式会让自己感到更加幸福。Dominique在计算机上努力敲打一番得出来的结果是，与前者相比，后者更能给自己带来幸福感。这之后，他真的在一年多的时间内，一面作为一名高层建筑物建设工程师，干着危险的技术活赚了很多钱，而剩下的时间内省吃俭用，让兜里的钱尽可能花久一些。

他骑着自行车横穿东欧、土耳其及非洲，并在喜马拉雅地区进行旅行考察，努力琢磨如何能单枪匹马用一只独木舟就横越亚穆纳河（恒河最长的支流）。虽然看上去是极其自由地生活着，但事实上Dominique并不是毫无任何计划的理想浪漫主义者。他的计划十分成熟，工作到40岁，用赚来的钱去尽情旅行，55岁以后则拿着预先存好的养老保险金过活。她也是如此。

"20多岁时因为不懂事而犯下了很多错误。但是，现在正努力制定

能最大程度高效生活的方法。如何做才能将失误减到最小，在整理好之后就是行动了。我也同Dominique一样，拥有自己的人生规划。投了终身保险，时刻为了健康的生活而努力。并且，一直都在努力将人生按照适合我的方法安排。"

她对自己的人生规划侃侃而谈。如果以人类学知识为基础写的旅行游记不能解决自身温饱问题的话，那么就将自己在世界各地旅行时收集的人类故事为基础，写一本带有启发意义的书，去四处宣讲。并且，在完成毕业论文后，她得到最有价值、最客观的评价，去美国当了一名热门的"医疗人类学者"，研究、探索疾病和治愈的文化。

她非常清楚自己现在所拥有的金钱是否能满足自己去世界某地做什么的欲望。如果手里有600美元，那就会去印度。如果比这更多的话，那就会去法国或去走一番圣地亚哥朝圣之路。知道自己手中的钱能干些什么，就像怀着人生的重大秘密一般，令人振奋的同时，又有坚强的后盾支持。这是长久以来寻找最适合自己的生活方式的人们才能享受的奢侈。

为了提高生活的效率，她将自己的生活尽可能简单地整理清楚。清晨6点起床去游泳，几乎不喝酒，只摄取让身体轻松的食物，晚上11点准时上床睡觉，她一直维持着规则的作息时间。

如同流浪者一般浪迹在路上，她那单纯而又明了的生活方式，本就出乎人们的意料。问她是否向往实践"抛开一切去寻找幸福"的生活方式时，她笑笑反问道：

"口头上说想抛下一切的人们，事实上大多都是无法真正放下的一群人。"

她的故事全部都是亲身体验，人生经验也都是在"头破血流"的经历后才得出来的。

耶加雪啡

我基本尝试过所有品牌的咖啡，但耶加雪啡似乎最对自己的口味。

本身带有花香的耶加雪啡同我的心房是相通的。

我认识的一位教授，她通过朝鲜时期人骨来研究人体的进化及心理进化过程。

我可是在那个满是人骨的房间干过剔骨的兼职哦。

那间房间里摆有两三箱人骨，剔骨时如果有后辈们过来找我的话，就会请他们喝一杯咖啡。

各种美食中，似乎希腊沙拉最对我的口味。

当了8年左右的素食主义者，由于专业指导教授非常喜欢吃肉，所以近期偶尔也会尝那么一两块。

当然不会特意买来吃，因为肉对我的胃来说属于不好消化的食物一类，所以我通常做一些好消化的食物来吃。

以前去旅行的时候，对当地的特产来者不拒。

但，现在会自己做一些好消化的食物来吃。

按下人生的暂停键

我喜欢看美剧，在《傲骨贤妻》中最喜欢的一集是：从人生的危机中鼓足勇气重新走出来的女律师 Alicia 在看见被怀疑杀死自己丈夫的满身疮痍的委托人时，并没有一点一点去盘问嫌疑事实，而是这样建议她："回到家后，穿上你认为所有衣服中最美的那一件，头发也好好整整。"委托人在听到 Alicia 冷不丁地冒出的忠告时吓了一跳，睁大双眼盯着她看，好似洞察到女人内心一般的律师 Alicia 不情愿地笑了笑。女人最能理解同为女人的心。Alicia 本身也曾被深深伤害过，令人艳羡、平静的生活有一天就这样起了波澜。因此，她知道受伤后的女人应该用什么方法拾掇自己满是疮痍的心。

遇见那些同我相似的女子，和她们一同享用美食、故事的决心，也是始于这种心境。不知道我的人生将流向何方，面前一片渺茫时，看到他人自由生活的样子，哪怕只是小小的一个角落，也想将头伸进去探寻一番。

　　偶尔会感觉人生向着无可奈何的方向越流越远，慌忙间朝着我不愿的方向走上了正轨。遇到那种情况时，可能大部分的人都会愤怒或感到挫败，但，接受我采访的女子都如《傲骨贤妻》中的女律师一般，明确地重新打磨人生的绳子，不停地寻找机会，一点点就着绳子慢慢爬出深渊。她们找到的方法可能非常折腾麻烦，但是听上去却颇有哲理，并且会让人感觉很酷。

　　我的预想正中靶心。我通过她们重新找回遇见"谁"时的快乐。从她们那里学会如何将幸福抓在手中，同时享受地去侍弄它。为何突然辞去干得好好的工作而独自漂浮在世界外圈；为何突然改行做其他工作，将自己的生活弄得波涛万丈，无法平息；又如何知道像那样积极地去做的话能让自己的生活变得幸福起来的事实……听了她们的故事后，我的人生似乎流向更加宽广的河域中。

人生绝不简单。当你傲慢地俯瞰世间万物时，当你为了让所拥有的变得越来越多时，人生也许偏离你的想法，变得一团糟。而当你想把一切都抛弃，努力从白热化的竞争中逃脱出来，人生反倒变得有条有理，层次分明。从她们的身上，我习得这种方法，亲身试验后发现确实有效。痛苦的瞬间有时真的也会创造出新的机会。

她们并非是在社会中取得巨大成就的人。现在的她们，依然有彷徨、有矛盾，但却为了更了解自己而不断努力，这种过程本身就是一种幸福。幸福并非完成时态，也不始于某种过程。它是不断在运动着的进行时，是在你辛勤寻找生活交点的过程里发生的每一个瞬间的集合。

正因为如此，我并非单纯的倾听者，坐下和她们一同喝一杯热茶，吃一顿美食，谈天说地的时间出奇地舒畅、幸福。像这样和合拍的人共享美食，分享人生的故事不就是幸福么。温暖的午后尽情地谈天说地，就是我心中幸福的模样。

偶尔会从她们嘴中蹦出这样一句话："到现在依旧不完整的我，我的故事是否有趣，会有读者愿意看吗？"每当那时，我都会意味深长地笑笑。正因为不完整，才让你们身上散发出更加美丽动人的气息。

过早迎接人生巅峰的人们，在面临鼎盛后的低潮时，他们中的大多数会受到很大冲击。因此，将巅峰时的速度暂时放缓，踩下刹车，有意让人生的车轮停下来很有必要。虽然按下停止键的瞬间需要有很大的勇气，但它有可能成为一生中最棒的决定。一次性获得全部的人们，剩下的只是失去。而至今还有未实现的目标，还不完整的人们，他们的"有所得"会让他们持续幸福下去。虽然，他们所取得的"成就"并非千篇一律传颂的成就。

在海鸥食堂遇见的她们，是了解自己的一群人。怎样做才能让自己更幸福？穿什么衣服时才会笑得更加灿烂？自己的缺点是什么？特点又是什么？

依稀明白，原来只有对自己的秘密刨根问底，知晓得一清二楚的人才能找到幸福的秘方。她们传达的故事，比任何小说和电影都精彩绝伦。海鸥食堂里遇见的女子们，她们心中有关于自己的故事，正因为十分了解自己，故事才能没有一丝动摇、精彩地娓娓道来。

她们的灵魂食物也和她们是那么协调，听她们讲述关于这食物背后的故事，让我突然间对我的灵魂食物是什么好奇起来。哪种食物能表现出我的内在灵魂呢？苦恼了一番。从没有一次觉得紫菜包饭是自己最爱的食物，但瞬间清晰地划过脑海的却是一节紫菜包饭。将很多食材放在饭上，费尽心思不让这个那个跑出来，虽然有时候边边角角会溢出来些，但总体还是美美地卷好的一条紫菜包饭。我现在正将她们的故事平铺放在我梦想中的紫菜包饭中，仔仔细细地卷起来。然后一块一块地切好，丰盛地摆上桌。

深夜重温
《海鸥食堂》

Catherine Zeta-Jones Aaron Eckhart

每个人的心房都有一把钥匙

地球上生活着数十亿人，每个人都在心底建造出"只属于自己的房间"。每个人费时数十年，用各种事件和记忆小心构建的只属于自己的房间，会与他人的房间有很大差异。他们的房间里装满了我房间里所没有的东西。而我的房间却看上去十分简陋，而他们的房间却又宽敞又别致。在属于自己的房间生活着的人们，偶尔也会好奇，我的房间和别人的房间究竟有何差别呢？能不能暂时进入那个房间中，偷偷看看？

日本女导演荻上直子在《海鸥食堂》中，小心翼翼地摸索探寻了一番进入他人房间的方法。愈是觉得我的房间珍贵的人，愈是不会随意粗暴地去打开。从这点来看，导演荻上直子似乎是一个在各个方面都很小心谨慎的人。电影上映之际，《海鸥食堂》主创人员一齐接受了日本媒体的采访。采访中，演员们一致表示导演荻上直子非常害羞认生。荻上直子对此也表示十分认同。"我的确属于非常认生的那一类。难道是因为沟通能力太差了？"拜《海鸥食堂》所赐，我们了解了怎样才能不粗暴地在他人的房间里进进出出的方法。而荻上直子似乎天生就懂得如何打开他人"房门"的秘诀。

海鸥食堂开始营业

影片《海鸥食堂》的开始，故事从有一天突然飞去芬兰的日本女子幸惠的内心独白引出。"芬兰的海鸥个头很大，看着圆圆胖胖的海鸥在港口走来走去的样子，让我想起了小学时养的肥猫——Nanao。"体型娇小的日本女子幸惠（小林聪美饰）在芬兰开了一家叫做海鸥（Kamome）的食堂。幸惠每次看到海鸥时，都会想起小学时养的体重高达 10.2 公斤的肥猫 Nanao。Nanao 既不温顺，也不那么善良，总是谁的话也不听，动不动就跟附近的猫打架，大家都讨厌它。但 Nanao 很听幸惠的话，幸惠也非常喜欢摸它吃饱饭的大肚子。幸惠背着妈妈喂它很多猫粮，Nanao 变得越来越胖，最终死了。表达"喜欢"的方式不正确导致了这样的结果。

时间慢慢流逝，很久以后幸惠依然喜欢圆圆胖胖的动物，于是在胖海鸥的国度芬兰开了一家日本传统料理店。并不是那种卖寿司或清酒的所谓日式餐馆。也正因为如此，海鸥食堂刚营业时生意惨淡，几乎没有客人光临。食堂里透明的大玻璃窗成了隔在幸惠和他人之间"无法跨越的墙"。芬兰老太太每天虽然会因为好奇而透过玻璃窗偷瞄干活的幸惠，但是绝对不会打开食堂的大门。面对幸惠投来的"欢迎"的微笑也只是连忙走开。

一切美好从芬兰开始

幸惠来到陌生的国度芬兰的理由其实很简单。她喜爱料理，热衷于做料理给别人享用。影片中，幸惠说如果世界末日来临的话，最后一天想做的事同样也是吃好吃的。买最好的材料，做很多好吃的，然后叫上喜欢的人，一同分享美食。

幸惠觉得："最正宗的日本料理一定在日本，所以自己有必要仅是为了面向日本人而做日料吗？那么，谁又能理解我最拿手的日本传统料理，并且会深深地喜欢上它呢？"她想也许芬兰人能懂自己做的日本料理。原因就在于三文鱼。

说到意大利会想起意大利面或通心粉，说到德国会想起香肠和啤酒，而说到韩国则会想起烤肉和泡菜。那么，芬兰呢？三文鱼既是日本人喜爱的食材，也是芬兰人在日常生活中会经常吃到的食物。不管是日本人也好，芬兰人也好，他们都一样喜爱清淡的三文鱼料理。芬兰人甚至还热衷于蒸桑拿。因此，幸惠觉得芬兰人喜欢日本传统料理的可能性较大。事实上，这不过是幸惠无知的错觉罢了。

幸惠的猜想从一开始就偏离了轨道。海鸥食堂开张的第一个月几乎没有客人光临，幸惠就在周边瞎转悠。也许这也是命中注定的，外柔内韧，随遇而安的幸惠始终在芬兰固守着自己的一切，让自己无法轻易进入他人心灵的"房门"，也没有掏出打开自己心房的钥匙。直到有一天一个"哈日"年轻人——汤米成为食堂的第一位客人。

汤米坐下后开门见山地问道："请问，你知不知道《科学小飞侠》的歌词，能不能将歌词抄写下来给我？"以"是谁呢？是谁呢？是谁呢"起头的动画片主题曲，虽然并不陌生，甚至很熟悉，但真正要将歌词全部写下来时，还是会记不完整。马上就要想起来时，却总是记不清具体的歌词，这困扰了幸惠整整一天。

《科学小飞侠》的主题曲可以说是将幸惠和小绿连接起来的纽带。汤米关于《科学小飞侠》的歌词问题让幸惠一整天沉浸在想歌词的世界里，次日在书店遇到了正在读芬兰著名童话《无名谷的夏天》的小绿，小心翼翼走上前去问道："您知道《科学小飞侠》的歌词吗？"小绿虽然觉得有些突然，但还是马上掏出笔记本，在纸上迅速写下《科学小飞侠》的主题曲，一边写一边轻轻唱。她让幸惠也得以解脱。幸惠接着问道："您是来芬兰旅游观光的么？还是工作？"小绿用力地摇了摇头。她来芬兰的原因并非对芬兰好奇，而是打开世界地图，闭上眼睛随意一指，就像中彩票一般点中的是芬兰，然后就飞来，仅此而已。

想去一个远离日本的陌生国度的欲望和想从日常生活中逃脱的欲求其实是相通的。从某种层面来说，逃离是自由的近义词。但是，一到真正要实现梦想许久的"大逃亡"时，可以做的却真的很少。小绿也是如此。她虽然成功从日常生活中逃离，但是却完全不知道自己应该要做些什么。原因是她并不拥有通往其他世界的钥匙。

打开自己的心房，进入他人的心房

幸惠首先向来到陌生城市而不知所措的小绿伸出了双手。她问小绿，如

果没有其他计划的话，要不要住在自己家里。幸惠每晚都会练合气道来放松身心，不管什么时候笑容总是挂在脸上，但小绿不过偶尔通过练瑜伽来放松放松，脸上的表情并不丰富，总是干巴巴的。差异很大的两个人却渐渐学会进入对方房间的方法。

从这点来看，幸惠很清楚地懂得，首先将自己的房门打开，腾出可以让他人进入的空间。而犹犹豫豫地进入他人房间的小绿，则渐渐对幸惠的生活和芬兰人的生活方式产生兴趣，并开始慢慢学习这种生活方式。反正幸惠也不是芬兰人，同样对芬兰觉得陌生。于是，两个人开始打开心房，开始探索真正的芬兰。两个人的共同苦恼之一，就是如何才能做到让芬兰当地人喜欢上日本的传统料理。小绿向她建议，要不要试试用芬兰人喜爱的驯鹿肉、龙虾替代传统材料来做日本饭团。但是，显然驯鹿肉和米饭就像油和水一样无法融在一起，"中西合璧"的饭团以失败告终。

那么，海鸥食堂到何时才能摆脱现在的空旷呢？还好，导演开始在空旷的空间里一点点加上"人气"和温暖的幸福。一个月间没有一个人推开的食堂大门，被年轻人汤米和日本女子小绿用尽力气推开，而知晓咖啡味道中细小差异的马提再一次将门推开。

事实上，食堂大门被推开的原因并非因为料理的美味，而是食堂主人幸惠身上散发出的人情味。肉桂卷的香味代表着幸惠的魅力，香味抓住了芬兰老太太的心。她们虽然从一开始时并未觉得饭团有多么美味，但是被肉桂卷的香味吸引而踏入食堂，慢慢在食堂里呆的时间越来越久，边聊天边享用美食，并爱上了这个地方。于是乎，海鸥食堂从一个匆匆路过的地方慢慢变成短暂停歇的空间。

幸福各有不同

坐在桌旁，潇洒喝着咖啡的马提，反客为主地告诉幸惠如何泡出香味更加醇厚的咖啡。但是，能让咖啡神奇变好喝的方法却出人意料地简单。用手在咖啡粉中深深戳一个洞，心中默念"Kopi Luwak"（使咖啡更香醇的咒语）即可。事实上，这个咒语会生效的原因在于，哪怕只泡一杯咖啡，只要用心，咖啡真正的香味自然会出来。马提对幸惠说："别人为你泡的咖啡，味道总是更加香浓。"幸惠和小绿就这样通过用心做的料理开始一点点打动芬兰人早已紧闭的心门。那段时期，海鸥食堂的大门又被另一位日本女性正子给推开了。

她飞来陌生的芬兰的理由不过是在电视上看到芬兰人参加"空气吉他比赛"，觉得很是有趣，于是就来了。很想探寻一番芬兰人如此执着于"蒸桑拿忍耐大赛"等搞笑比赛的内心世界，他们投入的表情让她感受到芬兰人简单的快乐，看上去大家都那么无忧无虑，看上去如此安定、平和，想看看芬兰人真正的生活是什么样子。但是，她虽然到了芬兰，但完全迷失了方向。在海鸥食堂喝咖啡时，吐露出目前自己的窘境："转机时将行李弄丢了，行李现在还没有寄到，连换洗的衣服也没有。"大家担心她放在包里的贵重物品，但正子却默默念道："有没有贵重物品还真是不知道呢。"

间或经过海鸥食堂的人中间，有一个胖胖的芬兰中年女人总是久久地站在窗户外狠狠地盯着幸惠。她应该可以算作此时此刻这个世上表情最不好的女子了。之前一直站在窗户外恶狠狠地瞪着幸惠的她，有一天，突然像下了很大决心似的，推开了海鸥食堂的大门。点了一瓶芬兰烧酒，接连喝下两杯，没想到就直接瘫倒在地上了。这吓坏了海鸥食堂的所有人，大家赶紧把她背起送回家。正子也跟在她们后面。

后来，才知道她全身心爱着并依赖着的丈夫，抛下她离家出走了，这让她崩溃。这个芬兰女人并未学过独自生活的方法，因而对她来说，独自坚守那痛苦的时间实在太难。将她送回家，稳住情绪后，回家的路上，三个日本女子小声交谈着。"从外表上看，芬兰人看上去都那么宁静又温柔，平时又很自在，让人错觉他们并没有什么悲伤的事。但是，无论世界何地，悲伤的人总是存在的。孤独的人也是如此，世界上哪里都有喃喃自语的灵魂。"

她们好像模糊中依稀发觉，就像悲伤和孤独存在于世界每一个角落一般，幸福和满足感也同样存在于世界的每一个角落，能让生活幸福起来的最终还是自己。原本生活如死水的芬兰中年女人在三个日本女子的帮助下，从陷入的绝境中一点点爬起来，开始新的生活。剪掉一头乱发，换上漂亮的新衣，重新找回生活的活力。四个女人纷纷穿上自己最珍惜的衣裳，坐在芬兰海边，喝着鸡尾酒的场面是那么明亮，而又充满新鲜的活力。

曾经未能享受到日常幸福的她们，这才找到让生活变得幸福起来的方法，并全身心地去体会。幸惠慢慢地开始迎合芬兰人的口味，小绿模糊中开始知道自己想做的，想要的生活。而正子发现生活中处处隐藏着珍贵东西的这一事实。有一个很有趣的事实，就像她们说"欢迎光临"时使用的方法都不一样一般，她们寻找幸福的方法也各不一样。她们在找到让自己生活变得幸福起来的方法的同时，还学会了守护他人幸福的方法。

就像地球上除了我们自己以外，还存在几十亿其他人一般，我们小心地学会，原来，大家让自己变得幸福起来的方法也都大相径庭，各不一样。

所有的一切都会好起来

电影《海鸥食堂》将这个单纯而平实的真理通过几个小插曲摆在我们面前。幸福并非什么"伟大的史诗",而是像夏天的雷阵雨一样平常。

《海鸥食堂》中,幸惠也正是因为这个原因才选择饭团作为招牌菜,而不是寿司。她们希望,幸福不是为了将小店成功推出去,吸引更多客人来用餐,而是像在早晨睁开眼睛后,在家里吃早饭一般,平凡却温暖。

电影快结束时,正子终于找到了自己丢失的行李。但是,打开来一看,却没有所谓的贵重物品,一箱满满的都是散发着金黄色的芬兰蘑菇。行李箱虽然是正子的没有错,但不知为何,看上去并不像正子丢失已久的行李。在箱子里躺着的宝贝虽然不贵重,但却闪闪发光。

影片《海鸥食堂》中,导演在空空如也的空间将充满幸福的笑一点点加入,直至填满。丢行李本是一件不幸的事,最后却被幸福所代替。空荡荡的

263

　　海鸥食堂被人们的欢声笑语填得满满的。但是，奇怪的是，随着海鸥食堂里不同个性的客人一点点多起来，幸惠去游泳的游泳池里的人却越来越少。幸惠在游泳池里独自感叹："海鸥食堂终于还是客满了。"身边却玄妙地出现了很多人，并对她报以灿烂的笑容和热烈的掌声。其实人与人之间的距离很近，只是我们把心门锁上，把钥匙藏了起来。

　　所有东西都是从空空如也到被填满，被填满后又再次被清空。有一天，这一切都会改变。但是，我们要肯定这个事实，念着"所有的一切都会好起来"的咒语努力生活下去。《海鸥食堂》以最简单、朴素的方式将生活的美好展现在我们面前。这部小清新电影在 2006 年日本电影界中得到广泛好评。不过在两所独立电影院上映，却收获了当年独立电影最高的票房人气。上映该片的电影院不断增加，成本仅 8000 万日元的小制作却收获了 2 亿日元的票房。就像从什么也没有的空间开始，逐渐被填满的海鸥食堂一般，电影本身经历的命运最终也是大放光彩。

Food+Woman+Movie

眼镜 |导演: 荻上直子| 2007

导演《海鸥食堂》的荻上直子，带着她的演员再一次拍摄的日本治愈系小清新电影。平淡的故事，平淡的铺陈，但影片中关于美食和人生的话题让我们不禁停下来，仔细琢磨。看完电影后，你会想坐在安静的海边，同朋友一起将樱花太太做的红豆冰全部消灭干净。

第36个故事 |导演: 萧雅全|2010

朵儿（桂纶镁饰）在台北市的一角开了一间梦想中的"朵儿咖啡馆"。同天马行空的妹妹蔷儿（林辰唏饰）一同经营。朵儿负责甜品制作和冲泡咖啡，妹妹负责打杂。有一天，一位男子带着35块拥有世界各国的城市记忆的肥皂走进了小店，故事就这样开始了。

爱在黎明破晓前 |导演: 理查德·林克莱特 | 1995

青春总是会幻想这种浪漫。在火车上和他偶遇，一同游荡在陌生城市的街头，自然地交谈，自然地产生好感，自然地喜欢上对方。杰西（伊桑·霍克饰）与席琳（朱莉·德尔佩饰）就这样相遇，在维也纳的夏天里，坐在公园就着红酒度过美好的一晚，爱情也如期降临。

爱在日落黄昏时 |导演: 理查德·林克莱特 | 2004

九年前的杰西（伊桑·霍克饰）与席琳（朱莉·德尔佩饰）在风景如画的维也纳浪漫邂逅，坠入爱河，分手时相约六个月后再相见。而因为种种原因，两人并未能遵守这个约定。杰西将当年的爱情写成小说，在巴黎促销新书时，与席琳在书店相遇。然而他们却只有一个下午的时光。两人在午后的巴黎街头散步，在美丽的护城可上泛舟，聊他们的过去和现在。

西班牙公寓 |导演:塞德里克·克拉皮斯| 2002

西班牙，巴塞罗那。法国青年哈维（罗曼·杜里斯饰）在一个不可多得的交换学生的机会下，来到了巴塞罗那，并住进了国际学生宿舍，小小的公寓就像一个多元文化的迷你世界，以一种妙趣横生的方式展现在哈维面前。我也想如影片中主人公哈维一样，在一个陌生的城市里，遇见来自世界各地的朋友，体验不一样的生活与生存方式，偏离现有的生活轨道。

原样复制 |导演: 阿巴斯·基亚罗斯塔米| 2010

英国艺术作家詹姆斯·米勒（威廉·施梅尔饰）同小古董店女老板（茱丽叶·比诺什饰）决定去意大利托斯卡纳地区附近的乡镇景点参观。两人原本是作家和艺术品收藏者之间的关系，但从咖啡店女主人把他们错当成一对夫妻开始，他们的关系发生转变。

茱莉与茱莉娅 |导演: 诺拉·艾芙隆|2009

茱莉亚·切尔德（梅丽尔·斯特里普饰）随外交官丈夫移居法国巴黎，对法国料理产生了浓厚的兴趣，便进入著名的"蓝带料理烹饪学院"学习。10年后，茱莉亚出版了一本介绍如何在自家的厨房里就能轻松做法式大餐的料理书，广受大众喜爱，被称为"美国饮食之母"。茱莉·鲍威尔（艾美·亚当斯饰）也是她的粉丝之一。对工作感到灰心沮丧，在生活的压力里迷茫徘徊的茱莉决定用一年时间实践茱莉亚·切尔德的《精通法国烹饪的艺术》中的全部524道菜，并通过博客记录每日进展。博客的点击量越来越高，最后引起媒体的关注，邀约不断，茱莉收获的不单单只是厨艺，还有从容面对生活中各种挑战的艺术。

情挑六月花 |导演: 路易斯·曼杜齐|1990

爱情本是简单的，奈何人们在它上面添加很多附加条件，譬如金钱，譬如地位。这是一对年龄悬殊，跨越阶级学识，超越世俗的爱情。27岁，前途一片光明的青年，和43岁，人生乱成一团糟的中年餐厅女侍应，他们就这样掉入爱情的陷阱中。他们在"白色宫殿"餐馆第一次相遇，因为汉堡问题吵架。碰巧在酒吧里再次相遇，然后结下情缘。虽然16岁的差异横在两人面前，但在爱情面前它显得那么渺小。

迷失东京 |导演: 索菲亚·科波拉|2003

跟随摄影师丈夫来到日本东京的美丽少妇（斯嘉丽·约翰逊饰），为了拍摄威士忌广告同样来到东京的中年男明星（比尔·默瑞饰），在酒店的酒吧邂逅，就像两个孤岛一样四处漂泊，在寂寞的大海中相遇。在陌生的东京，他们一起吃日本料理，一起喝酒……虽然，最终只能各自离去，但，一个最温暖的拥抱，一个最动情的吻别，安慰他们孤独的灵魂。

Jose与虎与鱼们 |导演:犬童一心|2003

爱情真是很难说明的东西。虽然恒夫（妻夫木聪饰）已经有了漂亮的女朋友，他还是不知不觉被Joze（池胁千鹤饰）吸引过去。Joze烧得一手好菜，爱坐在婴儿车里在深夜出来散步，是一个虽然有些古怪，却十分聪明，但患有残疾的女孩。而他们之间的爱情故事顽强、残酷却美好。

南极料理人 |导演:冲田修一|2009

影片中没有一个女主人公，讲的是八个寂寞的男人在冰天雪地的南极发生的生活趣事。在这里，担任厨师的"南极料理人"——西村淳（堺雅人饰）面对七个只关心吃的考察队员，不得不想尽办法烹饪出各种各样的美味料理。

蒲公英 |导演:伊丹十三|1985

一碗拉面里蕴藏的哲学可以如此深奥又高尚吗？单身妈妈蒲公英（宫本信子饰）在丈夫去世后独自经营一家拉面馆，但手艺欠佳，以致小店经营困难。蒲公英决定拜师学艺，将小店成功推出。这一过程中，很多朋友加入进来，共同协助她研制足以吸引万千食客的美味拉面。一碗拉面和其中蕴藏的人生哲理让整部影片温暖又感动。

浓情巧克力 |导演:莱塞·霍尔斯道姆| 2000

平静的法国小镇在寒冬里迎来了火热的一天。年轻的薇安（朱丽叶特·比诺什饰）带着她6岁的女儿来到这里，打算在此扎根。薇安在当地教堂的对面开了一间巧克力店。巧克力的香浓吸引了众多小镇居民，神奇的是，薇安每次做出来的巧克力，都能满足顾客的心理需求，发掘出他们隐藏在内心中的渴望。没想到这激怒了镇里的神父。于是，保守的小镇陷入了新旧观念的大碰撞中。

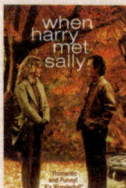

当哈利遇到莎莉 |导演: 罗伯·莱纳|1989

是友情，还是爱情？他们之间的关系模模糊糊，暧昧不明。影片中他们讨论人生观，讨论男女之间的友情，讨论男欢女爱的对话堪称经典。哈利（比利·克里斯托饰）认为自己是床上猛男，能满足女性的需求，但莎莉（梅格·瑞恩饰）却不以为然，她认为女人的高潮反应是可以装出来的。接着莎莉在餐厅里模拟了激情四射的高潮，表演完后仍然可以若无其事继续吃三明治。邻桌老太目瞪口呆，但当侍者问这位老太想吃什么时，她说："给我来一份跟她一样的。"

饮食男女 | 导演: 李安 | 1994

曾在顶级饭店里当厨师的鳏夫老父（郎雄饰），以及三个各具性格的女儿（杨贵媚、吴倩莲、王渝文饰），正与正相加，凑成一个矛盾重重的家庭。三女一父，虽然同住一个屋檐下，但感情上的联系不过止步于例行的周日晚餐罢了。父亲每周日费心做出的一桌丰盛菜肴，对女儿来说已不再有吸引力，饭桌上对话中隐藏着的新老两代人之间的矛盾。即，传统观念与现代观念之间的差异，家庭问题，彼此的生活与冲突全部包含在其中。果然，只有饭桌上的对话才是最真诚的。

吃一碗茶 | 导演: 王颖 | 1989

一碗热茶象征着和好。在很长一段时间中断联系后，再次聚在一起的家人，坐在家中庭院里，泡上一壶热茶，喝茶和好。遵从父亲的命令回到中国老家迎娶中国妻子后，被父辈及周围人一直逼迫着传宗接代的新郎；比起顺从丈夫，最终红杏出墙的妻子；以及小事大事都干涉他们生活的父亲。影片讲的就是发生在他们之间的故事。

布达佩斯之恋 | 导演: 诺夫·舒贝尔 | 1999

30年代，布达佩斯的一家餐厅里飘溢出悲伤的旋律。刚开始经营餐厅的年轻事业家拉斯洛（约阿希姆·科尔饰），他美丽迷人的恋人伊洛娜（艾丽卡·莫露珊饰），以及诱惑她掉入爱情陷阱中的年轻匈牙利钢琴师（斯特法诺·迪奥尼斯饰）的故事在歌唱三人混乱的爱情、死亡和安慰的歌曲《忧郁的星期天》中悲伤地缓缓流淌。影片中，三人虽然都遗失了爱情，却习得了找到另一半的方法。

初恋50次 | 导演: 彼得·西格尔 | 2004

亨利·罗斯（亚当·桑德勒饰）是个典型的花花公子，每天和不同的美女约会，过着放荡不羁的生活。这一次他看上了每天同一时间在同一餐馆用百吉饼搭建小房子的露西（德鲁·巴里摩尔饰）。很快他们变熟了起来，聊得十分投机。分别时恋恋不舍，相约明天还要一起吃早餐。然而，第二天早晨，当亨利热情地与露西打招呼时，露西却把他忘得干干净净。原来女孩由于车祸患上了奇怪的短期记忆丧失症，记忆永远只停留在车祸的前一天。亨利于是每天都用不同的方式求爱，他们拥有了别样的浪漫，每天都是新鲜的爱情，每天都是初恋，每次都是初吻。

四个毕业生 | 导演: 本·斯蒂勒 | 1994

看完电影后，你能感受到23岁，正值青春年华的少男少女们的青春热血，还有梦想的重量。特别喜欢影片中特洛伊（伊桑·霍克饰）对莉莲娜（薇诺娜·瑞德饰）说的那一段台词："我喜欢专注于细节，就像1/4磅的美味奶酪，不是很美么？还有下雨前10分钟的天空，笑声变成咯咯声的瞬间，休息的时候抽的骆驼牌香烟，自己做的三明治……你看，我们需要的正是这个：一包香烟，一杯咖啡，些许对话，你和我，还有5美金。足够了。"

巧克力情人 |导演：阿方索·阿雷奥| 1992

影片故事发生在充满魔幻荒诞色彩的墨西哥。受制于家族传统，小女儿蒂娜（卢米·卡范佐斯饰）终生不能结婚，要一直照顾母亲直至归西。而和小女儿相爱的青年佩德罗（马克·莱昂纳蒂饰）却只能迎娶她的大姐。在姐姐婚礼上，蒂娜止不住伤心的眼泪，眼泪落在了正在制作的蛋糕上。客人在吃了一口蛋糕后，都感到一种莫名的悲伤与疼痛。悲伤的料理总是隐藏着一丝悲伤在其中。

香料共和国 |导演：塔索斯·布尔梅提斯|2003

从古至今，香料在土耳其人的生活中占着举足轻重的地位。他们会在料理中大量使用香料。这是因为他们深知香料的不同，料理的味道会有很大差异。凡尼斯（乔治斯·科拉菲斯饰）小时候经常去祖父的香料店，通过香料他学习了关于生命、宇宙以及祖父的哲学。而突如其来的政治骚乱侵袭了这一切的美好，那是外公关于香料的哲学，也是小小凡尼斯和珊美的秘密。凡尼斯不得不跟着父亲离开土耳其，回到希腊。35年过去了，每当想起祖父、初恋，还在在希腊的美好时光，他总会做一道料理，里头加满记忆中的香料。

西洋古董洋果子店 |导演:闵奎东| 2008

让我们一起来看看，有什么是只要看着心情就会变美好的东西吧。蛋糕，还有长得又帅又萌的男人？电影《西洋古董洋果子店》则将花一样的蛋糕和花一样的美男，这二者奇妙地糅合在一起。在"西洋古董洋果子店"里，四个男人之间微妙的故事就此上演。除了四位男主角的故事之外，其他来店的顾客也都是像谜一般的人物，各有各的故事。

美味情缘 |导演：斯科特·希克斯|2007

谁说一定要有食谱才能做出美食？梦想成为纽约顶尖厨师的凯特（凯瑟琳·泽塔·琼斯饰）在经历妹妹因车祸逝世的惨剧后，改变了人生和料理的一切哲学。按照食谱上的要求按部就班地做虽然也很重要，但，无论是美食还是人生，排在第一位的永远是享受其中的快乐，没有统一的人生食谱可供参考，自己创造的才是最适合的。

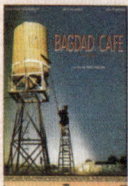

巴格达咖啡馆 |导演：柏西·艾德隆|1987

荒凉的沙漠小镇巴格达，让两个同时需要被安慰的女子在这里相遇。旅行途中因为和丈夫吵了一架而分道扬镳，不得不拖着沉重的行李来到咖啡馆的Jasmine。丈夫不堪忍受现状，最终选择离家出走，留下不得不独自经营着生意萧条的咖啡馆的老板娘Brenda。她和她，默契地配合，用美食和神奇的魔术将人们吸引到"巴格达咖啡馆"来。积满灰尘，了无人味的咖啡馆一点点被改变，被填满，而空虚的心灵也同样找到慰藉。

天使爱美丽 |导演:让-皮埃尔·热内|2001

小时候在接受健康检查时，发现患有心脏病，从此艾米莉（奥黛丽·塔图饰）与学校绝缘。一个偶然的机会艾米莉在浴室的墙壁里发现了一只锡盒，里面放着男孩子珍视的宝贝，于是，艾米莉奔波于巴黎的街道，最终找到了"藏宝箱"的主人。从此以后，艾米莉开始暗中帮助周围的人，并从中寻找到心灵的满足和幸福。所有这一切的故事都发生在巴黎的一家小咖啡厅里。

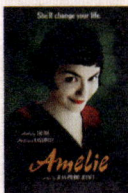

重庆森林 |导演: 王家卫 | 1994

编号为223的警察（金城武饰）在与恋人分手后，决定从分手的那一天开始，每天买一罐5月1号到期的凤梨罐头，因为凤梨是女友最爱吃的东西，而5月1号是他的生日。当买满30罐的时候，她如果还不回来，这段感情就会过期。1个月过去，爱情还是没有回来。于是，他将家中所有已过期的凤梨罐头都拿出来，像发疯一样全部吃掉后，也终于意识到爱情还是结束了。

私恋失调 |导演: 保罗·托马斯·安德森|2002

男主人公的兴趣爱好是攒布丁。因为，某一天在一则食品公司的促销广告中，他发现了一个大破绽，在购买某些商品时，可以获得超值的航空里程兑换券。通过计算，只要买满3000美元的布丁，就能带你到世界任何一处。在他将这一事告诉他深爱的女子后，羞涩地笑了。

美食、祈祷和恋爱 |导演:瑞恩·墨菲|2010

决定重新开始人生，寻找自我的女子。她拥有爱她，并且帅气潇洒的律师丈夫，过着童话般令人艳羡的生活。但这一切却让她感到恐慌，于是，她决定走出现状，踏上为期一年的长途旅行。她在意大利尽情地大口吃意大利面和比萨；在印度潜心清修；在巴厘岛与意外来临的爱情相遇，重拾对爱情的信心，尽享幸福。

巴贝特之宴 |加布里埃尔·阿克谢| 1987

曾经，姐妹俩也拥有热血的青春和激情四射的爱情，而现在却甘愿守在海边的小村庄里，安静地渐渐老去。有一天，一个从大革命的法国逃出来的女人，拿着妹妹往昔的歌唱家恋人的一封信投靠在姐妹门下，她就是——巴贝特（斯蒂芬妮·奥德安饰）。没想到，她和法国唯一的联系—— 一张彩票，竟让她意外获得了一万法郎。为了感谢姐妹俩的好心收留，她用一万法郎为姐妹俩及村民准备了一顿真正的法式大餐。美食中满满的都是爱和一切美好，唤醒了大家内心深处对美好事物的渴望。

女演员们 |导演：李在容| 2009

在小心眼和嫉妒心，各种钩心斗角，各种自尊心作崇等复杂心理下，女演员们在圣诞前夜，为了拍摄某时尚杂志的海报而聚集在一起。六位女演员，年龄跨度从二十多岁到六十多岁，有演艺界大前辈，也有刚进演艺圈却前途一片光明的新晋演员。她们喝着红酒，将女演员华丽背后的故事真实地展现出来。

处女晚餐 |导演：林常树| 1998

三个女人，而且是没有结婚的三个女人，互相倾诉，环绕着性和婚姻侃侃而谈。从第一次晚餐到第三次晚餐，三次晚餐的主人公都非常不同。幻想结婚的女人，享受自由做爱的女人，还有至今一次都没有跟任何男人做过爱的女人。要倾诉的话太多，太多。

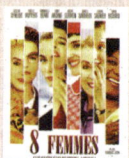

八美图 |导演：弗朗索瓦·欧容| 2002

法国乡间一个精致的豪宅里，一家人正聚在一起忙着筹备过圣诞。包括妻子、小姑、岳母、女儿们甚至仆人在内，大家沉浸在圣诞前团聚的气氛中。而在第二天，男主人在家中被人杀害。而小镇并未有任何人进出，因此，犯人就是八个女人之一。本片虽然是推理电影，但却一点也不像，当她们起舞吟歌时，伦理道德的颠覆，自私本性的露出，让这个圣诞节一片混乱。

街角洋果子店 |导演深川荣洋 |2011

电影讲的是乡下女孩臼场夏目（苍井优饰）立志成为糕点师而来到东京拼搏。但事实上，夏目不过是为了寻找男友而从乡下来到大城市东京，没想到男友早已不在洋果子店工作，还单方面收到男友的分手通知。无处可去的夏目只好请求在洋果子店里帮工，但糟糕的蛋糕制作技术总是会遭到批评，但她以执着不放弃的韧劲开始了在蛋糕店的生活，不懈的努力也开始得到回报。洋果子店香甜美味的蛋糕一点点改变了她的人生轨迹。